Jahrbuch der Lyrik 2020

Herausgegeben von
Christoph Buchwald
und Dagmara Kraus

Schöffling & Co.

Redaktion: Jennifer Sprodowsky

Gefördert vom DEUTSCHEN LITERATURFONDS E. V.

Erste Auflage 2020

Satz: Fotosatz Amann, Memmingen
Druck & Bindung: Pustet, Regensburg
ISBN 978-3-89561-683-9

www.schoeffling.de

INHALT

Armin Steigenberger: Wohnen in einem Vorwort 7

1. Kapitel
damit dies haus hält 9

2. Kapitel
aus geworfenen steinen 23

3. Kapitel
wechseln die schriftfarben 43

4. Kapitel
die (h)ortographie 67

5. Kapitel
die löschte den reim 101

6. Kapitel
mein innerer chor 119

7. Kapitel
war ein gemeral 135

8. Kapitel
eine bändige bude 157

9. Kapitel
beim zählen von unhandlichkeiten 175

10. Kapitel
die alte wasserwaage horizont 197

Zwei Nachbemerkungen 223
Autorinnen und Autoren, Gedichtbände 231
Quellen 237
Ausführliches Inhaltsverzeichnis 239

Zur Erinnerung an

Peter Hamm (1937–2019)
Günter Kunert (1929–2019)
Werner Söllner (1951–2019)

ARMIN STEIGENBERGER

WOHNEN just in einem grellen Vorwort, mit Mitternachtsrosen bestückt, seidigen Anzeichen für Gutwetter, Zeichen eben, geschwärztes Papier. Dort leben ich und meine klinkerfarbene Frau auf holzfreiem Papier, warm vor Sonne, das sagte ich schon, oder wollte es gerade sagen. Besser als in einem Vorwort lebt es sich in einem Frontispiz, dort sind die Farben weniger opak, dort lodert ein tückisches Gelb und ein getupftes Allzweckbeige über der rosa karierten Wolke, die schon meine Oma liebte und mein Opa anbetete, ein Himmel aus Resopal, der scharf riecht nach ausdünstendem Lack und schroffledernen Sommern. Ich weiß, dass das alles im Grunde eher unglaubwürdig klingt, aber etwas Pfefferminz wird es retten: Sie schmeckt scharf, die Minze, und unmännlich – das sage ich denen, die noch an Skripte glauben – und dort, wo ich herkomme, in diesem Vorwort, herrscht brotiger Mundgeruch vor; dort ist es jede Minute bang und der Tag harsch, sofern er mit A beginnt. Beginnt er mit B oder L, ist es für alle leichter, zumal diese Tage – wie sagt man – formschön sind. Hier sind die Wetterlagen allgemein eher südlich, hier kuschen die Wolken noch vor heiseren Flugzeugmotoren und ihren geradlinigen Schweifen. Teils sprechen die Flugzeuge mit den Vögeln in Dialekten und Babysprachen, die so intim sind, dass selbst der Wind sich schämt, wenn er etwas davon aufschnappt: leise gestammelte Worte mit süß verstellter Stimme und Rumpfgrammatik, kess verdreht. Das gibt ihnen das 600-Watt-Gefühl, wenn Blicke aneinanderknarzen wie zwei Gefäße aus Plastik – Trinkflaschen, die gequetscht werden. Sprechen zwei Flugzeuge direkt miteinander, gibt es eine Rückkopplung wie zwischen sich halbe Stunden lang zubellenden Hunden in weit entfernten Gehöften, die es in unserem Vorwort gar nicht gibt.

1. KAPITEL

damit dies haus hält

JÜRGEN BRÔCAN

Teppich des Lebens

eines ihrer Zimmer auf dem langen Flur
öffneten meine Großeltern nur für Familienfeiern |
an den übrigen Tagen gehörte es den Kakteen
und Sukkulenten | die überall verteilt waren | auf
dem Fenstersims, den Holzbänken und grazilen
dreibeinigen Hockern | am Tisch saß ich direkt
vor einem Wandteppich | trotz des weinhaltigen
Geschwätzes war es ausnahmslos sehr still
darin | aber niemand lebt heute noch, den ich
fragen könnte | was man darauf sah | vermutlich
Fauna | vorm Brokat der Nacht | einige Fasane
oder Enten oder Kaninchen vielleicht | schönfellig |
immer gefräßig | kampfbereit und verspielt |
hüpfende Tupfer vor Waldfinster, Eselsdisteln |
vor den wandsteilen Gewitterwolken der brütenden
Melancholie | wohin hätte die Schönheit des
Wirsingkohls, des Johannisbeerzweigs | einer an-
geschnittenen Netzmelone | die sie neugierig
beschnupperten | wohin hätte die Pracht
von Zwiebel, Quitte, Sellerie besser gepaßt
als in dieses monatelang unbesuchte Zimmer? |
sogar die Flecken, Löcher, Fraßspuren und Detsche
hat der Maler | auf den samtenen Häuten | nicht
vergessen | und sich selbst im Schmetterling
porträtiert, schwarz auf Schwarz | nur am hellen
Muster seiner Flügel gerade noch erkennbar |
ehe er mit und unter Staub verschwindet.

(frei nach Gemälden von Jacob Samuel Beck)

KERSTIN BECKER

Deut

es muss eine Eiche gewesen sein, die am Pfarrhaus
das gekreuzte Fenster mit ihren Angsttrieben rieb, der
blauäugige Seelsorger, der aus dem Bauch raus
Labile im siechen Land zu trösten suchte, lebte
seit wenigen Wochen hier, würde bald
wieder fort sein, nirgends hinpassen; im Haus alles greis, zwei
Schemel standen neben dem immer weiter vererbten
schweren Bett, in dem wirs aus dem Nichts
mit dünner Haut in den Federn taten,
wer alles vorher im gekalkten Raum, wie viel Scham,
Akren, Ineinandersein, mittendrin stieß er
ein Gebet aus, es roch nach Holz, war es nicht so,
in dieser einen
Deut Heiliges ausschwitzenden Nacht.

MARIE T. MARTIN

Wie viele Wörter braucht man für eine Legende?

Wie die Hagebutte am Strauch
ist der Platzregen plötzlicher
Lichteinfall sind die Eltern da
aus dem Nichts gekommen und
immer so alt wie jetzt

Stück für Stück legt sich
das Skelett im Boden frei
Knochen Gesichter der Abdruck
eines Körpers je älter du wirst
desto tiefer kannst du
das Zimmer betreten

jetzt ist unser *Haus wie ein Hemd*
gewendet das Licht lässt sich
erkennen Körnchen um Körnchen
legst du mit Reis ein Orakel verbinde
die Punkte die Küche das Bad
rasch die Zimmer sind schon

mit den Buchen verwachsen

MIRKO WENIG

Drei Frauen

Die hier stricken, an der Haltestelle vorm Haus,
sie sind nicht tot:
Sie warten nur,
auf jenen, der nicht kommt,
auch im Dunkeln ziehen sie Fäden.
Die erste ist blind,
die zweite piekt ihre Nerven zu Fetzen,
die dritte, ein Kind noch, spielt
mit den Nadeln im Rücken.

Sie sind taub für die Rufe der Männer.
Auch das Gespött lässt sie kalt, das hämische Lachen,
der Wind ist ein schlechter Frisör.
So sitzen sie, eine dünn wie das Licht,
die zweite mit schmerzenden Lenden.
Das Kind spürt seine Haut nicht mehr,
jemand klaute dem Mädchen das dritte Gebiss.

Nichts ist zu sehen.

Jeden Morgen: AUFWACHEN AUFSTEHEN,
früh kommt die Müllabfuhr,
abends der Krankenwagen:
Doch drei Frauen sitzen draußen vorm Haus,
sie bewegen sich nicht,
sie warten auf dich,
wenn es sticht und piekt,
dann spürst du es wieder:
Sie sind nicht.

Du liebtest sie mehr als dich selbst.

PHILIPP BLÖMEKE

wohnzimmer.

hier,
hinter den türen, eine ordnung weiter
wie in der wand, stein um stein
errichtet gegen die stimmen und dinge von draußen
am ende eines hauses, das steht
am ende meiner nächte, die sich
falten vor den fenstern: da hängt
wie aus dem himmel
dieser räume der vorhang, der mir
die tage zerknittert. *hier,*
unsichtbar und eingemauert, wo ich
hause und wohne und baue und heim
und manifeste sprechen kann,
es heißt dort: die wohnung
des menschen ist
unverletzlich, der bau
der tiere ist es
nicht.
am ende aller häuser steht
mein nasses tiergesicht.

ANDREAS ALTMANN

das kalte haus

das haus ist kalt. scheiben sind in die blüten
der eisblumen gesprungen. frost schleicht in hände,
die weiße wände berühren. sie brennen.
fliegen liegen auf dem fensterbrett. die flügel
sind trocken und manche vom leib getrennt.
ich hör die geräusche, wenn der körper
immer wieder gegen das glas schlägt.
irgendwann hört es auf. und knistert.
das holz im haus arbeitet immer. es bewegt
die lauschenden augen, wenn sie geschlossen sind
und durch den wald gehen. die bäume sind schwarz
und haben das licht gesehen, als es schatten
von ihren stämmen zog. zwischen ihnen ist es dunkel.
und weiß in der nacht. jeder schritt kennt nur
den vorangegangenen. weiß nichts von ihm.
auf dem dach liegen die spuren schneetief.
ich schließe die tür.
von beiden seiten der augen.

NORBERT HUMMELT

die tassen von ingo schulze

einmal eilte ingo schulze mir bis in den hausflur nach.
»wir haben geheiratet!« rief er fröhlich. ich sagte:
»herzlichen glückwunsch! wir haben uns getrennt.«
er sagte dann etwas wie »oh wie schade!«, oder so.
wir sahen dann noch das achtelfinale deutschland
gegen schweden, es endete zwei zu null, beide tore
schoß lukas podolski. als ich dann auszog, bot ingo
mir die tassen an. weiße tassen, sechs an der zahl, mit
ebenso weißen untertassen. dazu noch flache teller
u. tiefe, alle ganz weiß, u. jeweils sechs von jeder sorte.
wie klasse ließ sich aus den tassen trinken, wie lecker
ließ sich von den tellern essen! suppe oder was immer
man wollte. nie ging ein teil davon zu bruch. sie kamen
heil aus jeder spülmaschine, blütenrein, so weiß wie
schnee. oft konnte ich mein glück nicht fassen, das ich
hatte mit den weißen tassen. ingo sah ich niemals wieder.
manchmal las ich von ihm in der zeitung, oder er sagte
im deutschlandfunk, wie wichtig für ihn dieser sender sei.
u. manchmal, wenn es an der türe klingelt u. ich nicht
weiß, wer draußen steht, dann denke ich, er kommt die
tassen holen. ich weiß dann nicht mehr, wie es weitergeht.

MARCEL BEYER

Aus meiner Schamküche

Was es aus meiner Schattenküche,
aus meiner Schamanen-, nein,
aus meiner Schlammküche
zu berichten gibt: Ich sitze am

Eisentisch und knete meine Hände,
knete sie bei offener Tür, und
draußen geht überm dichten Laub
der Niesel nieder. Hier unterm

Dach in meiner Kramküche steht
ein Eisenschrank mit einem
Fach für Raubstücke, mit einem
Fach für Bannflüche und einem

Fach für die Rote Bete. Ich krame,
ich knete. Ich drücke die Zeit
und die Wörter weg. Die Sprache
soll warten. Ich will nicht schlau

sein, ich will nicht genau sein, ich
will auch nicht laut sein, aber
ich riesele wieder, mir laufen die
Tränen aus der Nase wie jedem

halbwegs vernünftigen Wesen. Im
Eisenschrank fehlt mir ein Fach
für Spinat. Ich erhitze den Zinn, ich
spanne die Drähte, ich löte den

Draht an mich, den handlahmen
Primaten. Doch es hat keinen
Zweck, meine Tränen füllen jede
noch so niftelige Bauhausvase, ich

will die Rote Bete umklammern,
will sie umarmen. Alle Wörter
hier auf dem Tisch haben
Schrammen. Sprachen sind

Nöte. Dies ist meine Schamküche,
ist nicht meine Wahnküche,
ich schreibe, ich schleife, ich
streife die Sprache, ich warte,

erröte. Es regnet. Und mir ist, als
wehte dabei aus einer offenen
Lade Achselhaar über den Tisch
und weiter, hinaus in den Garten.

SASCHA KOKOT

in der Grube an der Kreuzung
ruhen die neuen Fundamente
setzen sich ab trocknen stumm aus
sonntags wenn die Stille
in den Straßen steht
leuchten sie
liegen vor uns
ausgebreitet als Antwort
ein Grundriss der zu füllen ist
mit all dem das in uns wuchert
das uns zum Schweigen bringt
uns trennt die Frage nach dem
wie weiter hier
mit uns

WALLE SAYER

Im Niemandsland des heutigen Tages

Vor den Häusern lehnten Säcke
voll alter Kleider, um die
niemand gewürfelt hat.

Als hätte niemand sich verzählt,
säumten sieben Pappeln
den herbstelnden Weg.

Niemand sonst, der es
sah, daß sie dalag, die Ebene,
wie eine umgefallene Steilwand.

Ein Trauermarsch,
an dem niemand teilnahm,
so leer waren die Straßen.

2. KAPITEL

aus geworfenen steinen

SILKE LOSER

so lange man denken kann und so weit
die Schriften der Gelehrten zurückgehen sind wir
dieses rätselhafte Phänomen an Ufer und Küsten
gespuckt eigenartige Schleuderfiguren der Gischt
ob geronnener Meeresschaum feinstes Gewölle
im Magen der Fische erzeugt oder wie von wem
gemacht um zu lindern als Wundauflage Sud oder
von heilender Hand behutsam gefächerter Dampf

anfangs zartgrüne Gräser durch Wind getriebene
Strömungen aus den Steingärten der See gelöst
wurden wir in Tiefen gesponnen dann mitgerissen
und durch alle Bewegungen ringsum miteinander
verflochtene Organismen gleichmäßig gekrümmt
unverwurzelt und ohne jeglichen Halt wachsen wir
strahlenförmig in alle Richtungen steigen täglich
als Lunge der Ozeane mit ruhigen Zügen ans Licht

sich frei drehende stetig oszillierende Zeitkapseln
auf ihrer Odyssee Wellenreiter des Zentralgestirns
die alles erinnern: wilde Rotationen den Schwindel
jeden einzelnen Auswurf der Brecher auch Spuren
von Öl Stößen und toxischen Stoffen sind deutlich
fühlbar das Ritzen durch Geisternetze für jeden der
es will unser aufgewühltes Innere zurückgeworfen
auf die eigene Mitte bis das Dunkel uns sinken lässt

KORNELIA KOEPSELL

METAMORPHOSE

Aus geworfenen Steinen sind wir gewachsen, so sagen
alte Erzählungen, tausende Menschen erschuf
des Deukalions Steinwurf und der seiner Gattin, man nannte
es das harte Geschlecht. Da war die Sintflut vorbei
und es begann die Urbarmachung der Länder, die Menschen
putzten sich das Gebiß, schnitten die Fußnägel ab,
stachen Hirschen und Feinden ins Herz und machten aus Trauben
einen berauschenden Saft, später auch Himbeergelee.
Rührstäbe wurden erfunden, die Wasserstoffbombe, das Schlagzeug,
Spenden für Afrika kamen in Mode. Es starb
Wordsworth bei der Gestaltung des Gartens, der Dichter bewohnt noch
ein versunkenes Reich. Kriegswaisen aber gelingt
kein normales Leben, sie fürchten sich, Auto zu fahren
oder werden zu dick. Überall schimmert ein Licht,
dünne Mädchen verbreiten sich wie das Feuer, ihr I-Pod
paßt in den Minislip, über die Ziellinie rast
Maserati mit sechs Zylindern beim Preis von Monaco,
kaum daß der Jubel verebbt. Aber sie sterben allein,
trotz aller Nervenzusammenbrüche noch immer, die Menschen,
röchelnd nach etwas Luft oder in schrecklichem Schmerz.

STEFAN HEUER

WENN ES SOWEIT IST, sollen sie uns höher hängen,
uns mit den kulissen in den schnürboden ziehen,
damit der aasgeruch nicht durch die reihen streicht.

bis dahin aber: frisch kochen, der tournee einen
weiteren tag hinzufügen, die haarrisse ignorieren /
der postbote bringt nur werbung, das eichhörnchen

verschmäht meine nüsse; die zufriedenheit steht
wie ein furz im raum. *haben wir es nicht schön?*
sagst du und lächelst. und dann ist er wieder da,

der aasgeruch, der geruch nach totem fleisch und
alter haut. erst als er abgezogen ist, trauen sich die
bären näher ans haus, um im müll zu wühlen und

sich zwischen dem brennholz zu paaren. und die
kleinen bären, sind die nicht niedlich? süß sind
sie, so süß, dass uns sofort die milch einschießt.

ULJANA WOLF

GEHEIMES MADRIGAL

oh niemand soll bewundern meiner töchter haar
soll marveln ihr haar oh gar marmeladen ihr haar
ich allein darf madly beladen mit blicken ihr haar
denn ich bin die mamar! ich hab die mamamarvel
lizenz, bam. muttering jam. weil mother jelly i am

(die hände einer mutter sind quallen, die aufwärts treiben,
die quämmen mit nesstelnden armen im dämmern
die haare der töchter.
strähnen, strähnen, gähnen, tränen, flammig geflöchter.)

KERSTIN PREIWUSS

Der Schmerz ist da noch immer
als Ursprung und als Aggregatzustand.
Die Stacheln, die man von Geburt an mitbekommt
richten sich mit den Jahren auf
und verhärten die Erinnerung zum Punkt.
Nach außen sieht das lächerlich verkleinert aus
wie das Halsband des Punks.
Der nächste aus der Batterie an Haifischzähnen
rückt vor das Leben.

MICHAEL BUSELMEIER

Laubrascheln

Wer kniet auf meiner Brust zur Nacht
wer würgt mich mit den Händen sacht
ich wehre mich nicht liege wach

Ist es der Meister der mich ruft
ist es die Mutter aus der Gruft
ist es der Duft des Salbeis

Jäh mit den Schenkeln um den Hals
der fremde Griff des Kabels als
Würgestrick schrei Alter schrei

JOSÉ F. A. OLIVER

schwarzmilan

für Björn Hayer

mein vater ist gewandert, auf dem Gotthard,
nicht & doch
verlog er sich die arbeitshände
unterm fremden schnee. Er sagte
es ist kalt die lügen kälter & jahre später
verlor er auch die sprache
ans gemachte eis der migration

einander schauend (neineinander)
er & seine hände & stummpoliert die frage

wohin bleiben wir? Danach

war tod & d:ort

wirst du ihn finden. Hier

ÖZLEM ÖZGÜL DÜNDAR

verabschiedung der toten

und vor dem tuch dem für den körper der toten bevor wir sie mit dem tuch bedecken vorher waschen wir sie alle zusammen die ganze familie wäscht ihre toten kennst du das wir machen das alle zusammen denn die toten gehören nicht einem menschen sie gehören überhaupt niemandem und gleichzeitig gehören sie allen verstehst du was ich meine wir waschen sie alle zusammen sie sollen ein letztes mal gewaschen werden was auch immer sie getötet hat soll von ihnen gewaschen werden der staub der schweiß der schmutz ihres letzten tages unter den lebenden in der mitte liegen die toten und wer will der wäscht sie ihre haare und arme und beine und einfach alles und in diesem moment liegt keine scham verstehst du der tod macht alles weg und sie sollen frisch sein ein letztes mal frisch sein bevor der tod sie ganz einnimmt ein letztes mal sollen sie so etwas menschliches durchleben ihr körper soll es erleben dieses waschen dieses so alltägliche waschen bevor sie für immer verschwinden verstehst du sie sind dann für einen kurzen moment sauber von den düften und belägen dieser welt und dann werden sie in ein weißes tuch gehüllt und sie sehen einfach frisch aus wenn man sie anschaut dann ist da dieses ich bin bereit verstehst du sie sind dann bereit und auch wir sind bereit für einen moment sind wir alle bereit die toten und die lebenden wir die um die toten herumstehen und dieses angesicht ein letztes mal erleben können in aller weltlicher frische die noch möglich ist und dann kommt der moment in dem wir den toten dem tod überlassen vorher aber kriegen wir diesen einen blick auf das angesicht verstehst du und ein tuch gibt es am ende für die körper der toten und wir wickeln die toten darin ein und dieses tuch ist weiß und es ist weich so wahnsinnig weich für die toten darf es nur das feinste sein denn das ist das einzige was sie noch kriegen können von dieser welt das ist der einzige moment in dem sie noch menschen sind in dem sie noch ihr angesicht haben ihre gesichter bevor die verwesung überhand gewinnt bevor ihre gesichter verschwinden bevor die haut ihre farbe ändert und das leben so gänzlich aus ihnen heraus ist und der tod sich so in sie hineingepresst hat und ihren ganzen körper eingenommen hat und wenn man sie ansieht nur noch der tod zu sehen ist bis zu diesem moment gehen wir mit ihren körpern so um wie zu ihren lebzeiten wobei das ist nicht das richtige wort das passt nicht die lebzeiten waren viel früher also viel viel früher als sie noch so richtig lebendig waren richtig im leben standen bis zu diesem moment sind sie noch da als die person die sie waren die person die noch durchschimmert bis in ihr hohes alter und das ist so gestern oder vorgestern und dann übernimmt der tod sie

MICHAEL WILDENHAIN

Am Grab

Mit meinem mir missgünstigen Bruder
Spreche ich wenig
Mit meiner mir fremd gewordenen Frau
Schweige ich ungut
Mit meiner alt gewordenen Mutter
Steh ich im Schatten der einzigen Birke
Nah den Toiletten des Friedhofs aus traurigen Astern

RAOUL EISELE

Luftwurzeln

würde ich wo liegen wollen
es wäre in Gruppe 11
neben den Stiegen und unter der Birke
wo ich ihr Knacken hörte wenn die Sonne sie traf
und an meiner Seite könnte man sitzen
und mir Geschichten erzählen
so ganz nebenbei
von Menschen denen ich noch nie begegnet war
und von Städten die ich nicht kannte
und es würde mir gefallen
wenn Sträucher aus mir wuchsen
und ihre Wurzeln nach mir griffen
so ein letztes Atmen   in Blütenpracht
rosa und weiß
und manchmal nur knospengrün
bevor man mich goss
und die Gießkanne zurück an den tropfenden Brunnen hing
der mich manche Nacht nicht schlafen ließ
außer im Winter wenn Eiszapfen hingen
und ich mich in die Wurzeln vergrub
und auch die Stadt   die Stille ertrug

ELKE ERB

Herzattacke

Wenn ich, wie eben verstehe, daß ich einmal
Ordnung zu schaffen habe:

kehren, den Terminplan klären,
die Ablageseite des Betts aufräumen,

schaffe ich es vor Eifer nicht,
das Brötchen fertig zu essen.

Darauf einen Du Jardin!

Rosenstock, holder blüh …

… Ich bin artig, springe nicht über das Gitter …

erzählt Elke Erb

JAN WAGNER

an den regengott chaac

nicht eine wolke über yucatán,
morgen für morgen nicht einmal das schimmern
von tau im gras; in ihren staubjacketten
die sisalpflanzen, sämtliche schamanen

längst heiser von beschwörungen, gebeten,
und nur vom flußbett das gequake
der jungen, die vorm rinnsal wie die kröten
zum sprung gekauert sind: *cha-ac, cha-ac.*

launisch wie alle götter, unser durst
dein weihrauch; abgezehrte, braune ochsen,
raschelnd wie alter farn, und tief im karst
du selbst, in deinem wasserloch hockend,

weit unter uns, ein schwerer steinerner mond,
der über die gezeiten herrscht von mais
und nichtmais. bilder zeigen deinen mund
als schwarze pfütze, malen dich mit reiß-

zähnen, darüber eine art von rüssel,
und beide hände trotzig auf den vasen
aus ton, in denen hagel, graupel, niesel
wie eingesperrte bienenvölker rasen.

wie wirst du kommen, wenn du kommst? als schwung,
als schwarm mit dem klatschen tausender silberflossen?
mit donnersohlen, oder mit dem klang
von nackten kinderfüßen auf den fliesen?

KERSTIN BECKER

es

atmete auf der Erde vier Jahre lang schon mein Funken
sprühender Sohn, Körper an Körper am Fenster,
er dampfte und duftete wild
vor sich hin, es schneite, Advent, gegen Fünf, wir
noch nicht arm, und die Straßenlaternen legten
gelbe elektrische Eier ins Dunkel; seine Augen
mit einem Mal weit, Weihnachtsmann stieg,
rote Kluft, weißer Bart, langsam durch Raum und Zeit,
aber dann
blieb er an der Hecke stehn und begann,
alles ab- alles auszuziehn, Mantel, Hose, Stiefel, Bart,
er schlüpfte in dreckige Arbeitsklamotten, mein Kind
hielt die Luft an, es hörte zu schneien auf, dieser Mann
neben den Hüllen, wie wenn im Märchen
Verwandlung vor sich geht, halt nur umgedreht, es tickte
so hart unsre Uhr.

JUDITH SOMBRAY

In deinen Augen ist das ein Blauwal

Der Wal kommt, wenn die Spüle leer ist, die Waschmaschine ist leer
der Müll, ich kann den Kopf nicht halten für den Wal, er kommt
über die Küche wie der Geist eines Wals, er hält über dem Haus
wie Neptun, der unheimlichste der Planeten, sein Blas geht durch
die Straßen, wir bemerken ihn als Regen, niemand sieht den Wal
wie er sich über das Viertel senkt, gasförmig, langsam, ohne feste
Oberfläche, alles ist jetzt in der Küche, deine Hände, meine Augen
Pfannen, Musik aus dem letzten Jahrhundert, mit dem Wal hat keiner
gerechnet, mit seinem langsamen Sinken, er buttert die Straßen
und wir legen uns hin, das Gas durchrauscht uns, wie Neptun
der Wal, wie ein Ruf lehnt er sich auf uns, wie eine Häuserzeile
die nachts in den Boden geht, wir hängen knapp über der Erde
und in der Musik, in einem Planeten, der Wal hört jetzt auf
mit allem, einiges klirrt noch, atmet lang aus und die Menschen
sortieren sich, als ob eine Beschwörung vergeht.

MARKUS HENN

Gesang eines Fahrrads

Ich bin von den Maschinen
Die freieste der Welt,
Muss nur dem Menschen dienen,
Der mich am Lenker hält.

Mich bindet keine Straße
An des Asphalts Gestalt:
Mit meinem eigenen Maße
Durchquer ich Stadt und Wald.

Dreh, Nabe, dich im Rade,
Bis jede Speiche schweigt,
Zum Glück des Schnellen lade
Den ein, der auf mich steigt.

Bloß fürcht ich, euch zu fassen,
Ihr Scherben von Berlin,
Ihr lasst die leeren Massen
Aus meinen Mänteln fliehn.

Und euch, Automobile,
Euch fürchte ich noch mehr,
Ihr seid mir viel zu viele,
Zu groß, zu schnell, zu schwer,

Ihr brecht mir alle Speichen,
Verbiegt die Stangen mir –
Ach, würdet ihr nur weichen,
Ach wärt ihr nicht mehr hier!

LUTZ SEILER

gestern nacht ging ich nur leicht verletzt

gestern nacht ging ich nur leicht verletzt
ins bett, doch heute hinke ich. ich hink nach draußen
& ums haus. im regen hinke ich nach vorn

zum tor. der regen geht in strömen &
im rauschen die alte musik: »geh doch hin
& hinke nicht.« am fenster hält, schon halb verwelkt

die nordschwedische nelke wacht:
»lycka till, mein altes hinkebein«
»lycka till, du letzter aberglaube«

aus den füßen quitschgeräusche.
das ist der braune, aufgeweichte lehm, das sind
die blank gespülten kieselsteine. das geht

nur schritt für schritt & dabei hinke ich. ich hink
im wald so für mich hin & frag, vielleicht zu leise: was
soll denn hier gebrochen sein?

die toten in erklärungsnot

SILKE ANDREA SCHUEMMER

wiedergang

das nächste mal als wolf als wald oder wenigstens
als pflasterstein niemals mehr als mensch
wir wussten das bevor man unser inneres nach vorn
den knochenlosen balg an einen haken hing
und wir uns auf dem zinktisch liegen
und durch schläuche in den abfluss strömen sahn
beim nächsten mal da reißen wir die beute selbst
da wittern wir den veilchenduft bevor das herz verengt
und springen von der schippe übern gartenzaun
einundzwanzig Gramm jagt der alptraum durchs feld

3. KAPITEL

wechseln die schriftfarben

DIETER M. GRÄF

FABIANA IM PURPUR

blutrote Kirschen des Lukullus
im GS auf dem Viale XXI Aprile:
Fabiana an der Kasse im Purpur

kittel. Alle
Lichter mögen
leuchten so:

wo bitte geht's
zum Viale della Grande Abbondanza?
Gassen des Überflusses fließen dahin;

zurück mit leerenden
Händen, an wiegenden
Orantenbäumen entlang;

ein Winter
mit enggeparkten Autos
für Pärchen, stecken süß ineinander

KATHARINA FRANCK

Caldeira – mein Mund

Wenn ich ein Mädchen bin
Das Kleider trägt
Trage ich nur welche aus japanischem Papier
Ich bewege mich darin wie ein Insekt
In einer Kammer aus Luft
Einer Schatulle aus Klang
Im Licht und Schatten der Jahreszeiten
Bei Ebbe und Flut

Worte in allen Farben
wie Wasserringe auf der blanken Oberfläche

Da stehen die Näpfe aus Porzellan
Dort liegen die Pinsel
Nach Größen geordnet
Feine
Breite
Gefächerte und borstige
Von Mäusen zerkaute Bambusspitzen
Und ein Quast
Aus silbergrauem Pferdehaar
Die Tunke aus Tinte und zerriebenen Kieseln
Von allen Wegen
Die ich ging
Hinterlassen kaum erkennbare Spuren
Auf dem hauchdünnen Blatt
Nimm doch eine Lupe
Und schau genau hin
Schau hin

Die Mitte des Mondes
Kerben und Schluchten
Ich weiß wie es ist
Die kleine Erhebung
Risse und Riffe
Du weißt wie es aufhört
Caldeira – mein Mund

Außer uns
Keine Betrachter
Selbst wenn keiner hinschaut
Sind wir doch da
Sind ohne Wertung
Sind hier ohne alles
Ganz ohne Ohne
Unverhohlen
Bewegt sich da etwas
Jenseits des Blickes
Legt etwas ab
Oder kommt etwas an

ASTRID SCHLEINITZ

wir kamen (fremd: irische mönche)

barfuß mit weißen gedanken, gingen über die erde, kristallisierten,
waren aber nicht schneeflocken, obwohl auch davon etwas,
denn manchmal konnten wir schweben,

standen in wäldern, die dunkel und verwachsen waren, aber
die bäume waren freunde, wiesen uns durch, es waren
keine wege da, nur dickichte, wie die aus träumen,

solche, die sehen können und nicht leicht nachgeben, fremd,
wir, nicht willkommen, die blätter rauschten und klatschten
in einer sprache, die wir nicht gelernt hatten, aber

die bergseiten, der nebel, die distelwolle, die knochen, zähne,
nebel und frost, waren freunde, wiesen uns durch, so weiß
waren unsere gedanken, dass sie wege erfanden,

solche aus träumen, von denen man entweder gar nicht
oder noch sehr lange spricht

JOACHIM SARTORIUS

LÜGEN ÜBER CARAVAGGIO

in memoriam Guiseppe Monteleone

Der Zwerg zieht vorbei.
Ist er überhaupt hier gewesen?
Einziger Stern am Himmel von Syrakus.
Die Wucht des Lichts dahin.

Über Caravaggio in dieser Stadt gibt es
zu viele Fabeln. Ist eine wahr?
Musik tönern, karnevalesk.
Der Zwerg zieht vorbei.

Minetti, der Freund? Eine Gasse
ist nach ihm benannt, nach M.
Angeblich trafen sie sich hier,
um über Gewalt zu sprechen, in der Malerei.

Minetti malte rote Eidechsen
und übermalte sie wieder,
traurige Wut. Er die Grablegung
der Stadtheiligen, der Santa Lucia.

Wenn alle Geschichten mit Vielleicht
beginnen, stimmt eine Farbe nicht.
Der Gecko an der orangenen Wand.
Gefleckt ist er

wie die Hand eines alten Mannes.
Sein Leib schwarz von Fliegen,
der Hals weiß, und lügnerisch auch er.
Der Wind hat Sand in die Taschen getrieben.

MARTINA WEBER

Und es war zehn Grad kälter geworden, abgeblättert die Farbe
vom Himmel, die Brücke immer noch in Camouflage. Es sind
blass gewordene Flechten, starre Gestalten, die man hier
an den Ästen entdeckt, Kinder mit Masken von Tiergesichtern
in sepiafarbener Landschaft. Dem Kosmos lauschen,
den Messinstrumenten, der Schrittfolge eines weißen Pferdes
im Schwarzlicht: nebeneinander gelegte Röntgenbilder,
oszillierende Bänder, ein Flimmern, es ist etwas
in diesem Licht, das die Körper zum Verschwimmen bringt.

BRIGITTE STRUZYK

Es war einmal

In Spindlersfeld an einer Straßenkreuzung
Dort wo der Blumenladen ist Tankstelle gegenüber
Nicht weit von Spindlers Waschfabrik
Da stand bei jenem Blumenladen das Fahrrad in der Klemme
Persona grata, drehte ihren Kopf zum Himmel
Und floh mich an, die mit ihr wartete auf Grün
»Bitte! Der Rücken! Er juckt! Da oben
Ich kann das Fahrrad doch nicht fallenlassen
Und stell ichs hin, da wird es Grün hier! Bitte!«
Sie zog die rechte Schulter hoch.
Ich fackelte nicht lang und juckte sie
Sie jauchzte wie beim Liebesakt
Es wurde Grün, wir gingen
Sie stieg aufs Rad, ich ging zur Endstation
Und bei der ersten Haltestelle
Stand sie am Schlagbaum, riss die Arme hoch
Zu einem Siegeszeichen. Halleluja!

JAN WAGNER

krähenghasele

seit dem tod des freundes sah er krähen
wohin er sah. schon vorher waren krähen
geschehen, aber nicht wie jetzt – sobald er
heraustrat aus der kirche, saßen krähen
auf schildern, schwärzten die verteilerkästen,
umschatteten den bus, ein wahres krähen-
geleit zur stadt hinaus, wie dirigenten
befrackt, die eine für solistenkrähen
und krähenchor gesetzte partitur
studierten, hinkten, hüpften, eine krähen-
quadrille hinter ihm. das hausverbot
beim bäcker, als er eingehüllt in krähen
um brot bat; auf der parkbank, gestenreich
wie eine witwe auf sizilien, krähen
als ärmel. er vergaß die wörter laken
und schneefall, milch und meerrettich und kren,
bewegte sich als blackout durch die straßen,
als wirbel, biblisch, düster, als ein krähen-
tornado, schwarzer kreisel, schlief verdunkelt
wie eine stadt im krieg, geweckt von krähen
noch vor dem tag. er würde sich entscheiden.
er würde sich entscheiden, mit den krähen-
den hähnen aufzustehen, fortzugehen,
um sich als burgruine unter krähen
an einen hang zu kauern, um als herbstfeld
zu liegen und ein ort der rast den krähen.

MARKUS HALLINGER

Wir wollen uns Briefe schreiben.
Die sollen keine Abmachungen sein,
sondern Nachrichten, die wir voneinander hören:
Wie es geht, wie das Wetter ist, welche Pläne wir haben,
welche Unzulänglichkeiten wir sehen.
Davon wollen wir erzählen. Lange Sätze
müssen es sein mit Verben und Adjektiven
und möglichst wenig Begriffen,
denn die stehen immer so statisch herum
und schauen fragend. Ich meine,
das genügt, um unsere Handschrift herauszulesen.
Vielleicht wechseln wir die Schriftfarben dazu,
je nachdem wie uns ist,
ein helles Blau, ein dunkles Blau, Rot, Grau.
In allen Farben sollte es sein.
So ein Gefieder können wir aufsetzen,
wie es der Eichelhäher trägt,
von dem ich dir erzählt habe. Er überrascht mich
ein jedes Mal, wenn ich ihn treffe.
Von Vögeln müssen wir uns erzählen!
Das hatte ich glatt vergessen.
Nichts Schweres; Dass ich gerade im Garten war
und die Heckenrosen geschnitten habe,
und danach wieder am Schreibtisch saß, um diesen Brief zu schreiben.

JOHANNES KÜHN

Abendblick

Blaues Fahnentuch
ist durch den Himmel gezogen,
rotes Fahnentuch
am Abend sanft.

Pferde, die Hälse tief herabgesenkt,
weiden Gras.
Das Rupfen
hört man,
die langsamen Schritte nicht.

Ich habe Lust, Fisch zu essen
und am Gasthaustisch im Freien
zu sehen wie alle Herrlichkeit
ohne Laut vergeht.
Der Abendzauber traf in meinen Sinn.

PETER KAPP

Vorsprung und Ermessen

Feiertage, endloser Übergang. Irgendwann vergaßen wir
die Zeit, die Nichtigkeit von Güteterminen, schwere Entscheidungen.
Wir legten Aktien, Liebesdinge, Testamente in die Safes
der Notare, ungültig erklärte Urkunden schwelten im Müll. Die Lüge
wurde zur erhabenen Kunstform der Klage erhoben:

Widerspruch, Berufung und Revision, ein Betriebsgeheimnis. Freiheit
und Notwendigkeit vermischten sich, wurden wieder eins. Wir
reanimierten das verpönte Wort Kritik, belächelten die Bestandskraft
von Verwaltungsakten, klatschten im Takt zur Auslöschung
von Formfehlern. Alles wurde leichter: Die Tage grau, die Nächte grau

und in der Ferne Licht. Wir sperrten Maschinen, immerfort
plappernde Plappermäuler, in ein Passwort ein und fanden den Schlüssel
im Schredder. So wurden wir das, was uns fehlte, um etwas
Schöneres zu werden: Wurfware, pseudonymisierte Begriffe. Reisende
zwischen den Zeiten, reine Bewegung, allen anderen voraus.

CRAUSS.

boote auf der themse (southwark bridge)

schatten ist farbe. was unter den plachen der schuten
geschieht, ist nichts für sensible. am borough market
findest du alles, was leuchtet. granatäpfel, chayoten
und muscheln, fleisch, fenchelrisotto nach art
der jeweiligen bude, delikatessen in der GOLDENEN
HINDE, tamarillen, vom fruchtteller gefallen,
die unter den sohlen der ahnlosen voyageure ausfaulen
und platzen. die anchor bankside aber empfiehlt dir
natur und kräftigen tinker. hier riecht es nach fisch,
es gibt barsche, aale »blown bleu«, direkt aus der hand,
mangos, datteln und anderes braunobst, nüsse, wildlinge,
schwarzwurzel und rüben. die verladebälge dehnen sich,
ächzen. fingerwurz, pink cone: wenn du den ingwer
vom markt an den krankanten reibst, kommst du ohne rost
und flecken am cord zurück ins hotel, aber
angegessen und satt.

ULF STOLTERFOHT

aus einem alten opel diplomat

(1)

sie kommt die ausfallstraße runter, erstaunlich breit
und mehr als bereit, mir meine wunden zuzunähen.
ihr wisst es ja: das, was ich brauche, ist die elektrik
schaufelmutter, die mir die bescheuerten toten vom
leibe hält; eine dampfwalzenmama mit kondensator-
kraft, mit spulenpower ungebremst – das wisst ihr doch!
und wenn es dann ans sterben geht, wirft sie mir rasch
ein leintuch über. (p. s. ihr gang erinnert an bo diddley.)

sie stapft die böheimstraße hoch, lemurenhaft, gegrilltes
hähnchen unterm arm. ein gonzo gibt ihr hohe fünf. schon
klar: sie will den akademik- und erkenntnismann, der alles
aus seinem kopf gebiert. der in bücher manchmal was rein-
schreibt. die art von typ. vorm milchgeschäft hockt vitos
opa auf dem campingstuhl und raucht. die meisten jungen
hängen schon im billardkeller ab, sie aber thront im gasthof
sakristei. ich schiebe nachschicht in der schraubenfabrik.

vier jahre später. ich bin ein stadtbekannter nante und stehe
ecke van ness und ipswich street. am abend mache ich die
einkünfte zu bier. im bebop pub lässt man mich sogar ein
bisschen mitspielen, also tamburin und glockenspiel. irgend-
jemand teilt mir mit, dass bei ihr in der wohnung die fenster
mittlerweile bis zum boden reichen, mit blick auf den see.
allein ihr gang sei ihr geblieben. ich gehe inzwischen mehr
so wie die eine von sleater-kinney. oder der von godspeed.

(2)

annähernd margarete maultasch. sehr krass: die blumenbuben wollen all das zurück, was du vor jahren hergegeben hast. dürfen die das? noch krasser: die clowns, die du gedungen, sind alle auf dem feld geblieben. feld im sinne von schlachtfeld. geblieben im sinne von: kamen nicht mehr zurück. drei richtig gewichtige männer auf der suche nach dem imperfekt von gedungen. die antwort lauerte in augsburg. und fiel ganz überraschend aus. unsere drei kehrten jedenfalls irgendwann heim.

im vergleich geiler scheiß. doch war das zeug zu niedrig dosiert. ich sag mal: fahle mädchenblüte, blassblaue bikerschrift. swampy hatte den beutel in den tank seiner zündapp gehängt, galt als weitestgehend bullensicher. jörg bewegte sich auf der bühne genau wie link wray. die seen in neu-england sind aus gutem grund kugelrund. dafür sind die hügel ausgesprochen niedrig. schon mit dreizehn hatte vito so richtig zu trinken begonnen: rostiger nagel, geschwür, kruškovac, pelinkovac. solche sachen.

ausreichend glühung römerstraße. gablenberg. hinreichend erleuchtung boylston street. landarbeiterartiger sänger geht richtung mississippi john hurt. und dass die gurken in seinem garten dieses jahr gar nicht gut wachsen. und dass er gerne malzmilch trinkt. und wie ein maulwurf dann verschwindet. noch nie hat mir jemand so leid getan wie dieser mann. er hatte ein ganzes brett mit effektgeräten vor sich auf dem boden installiert, aber keines davon benutzt. er zog das sozusagen unbehandelt durch. und war dazu noch schweinemäßig leise.

(3)

ohne jeden zweifel vierte straße. okay. mich würde nur mal interessieren, warum immer ich der dieb sein muss, und der adjunkt bist du – warum? könntest du mal bitteschön aus deinem badezimmerfenster kriechen? ginge das vielleicht? doch es ist wie so oft: ich trotze einer handvoll rost und du hast die ganze büchse voll stoff. aus dem radio kommt ultrasofte punkmusik. ich aktualisiere: mittelharter country. ich tippe auf merle haggard. und liege wieder voll daneben. es sind die fluffy bunnies.

über jeden zweifel erhaben: onkel suleiman aus der änderungsschneiderei güç. ein offener bruch hatte seine ölringerlaufbahn beendet. edirne 1951. und noch was interessantes: dispute mit parsen sind unerquicklich und führen zu nichts. der zollbeamte am flughafen boston war ethnisch gesehen eine enttäuschung. onkel suleiman trinkt seinen tee sehr stark und mit geriebenem käse. ich stopfe mir was rein, du baust dir einen schönen ofen. vom turm der schickhardt-real das signal für »entwarnung«.

was leider immer stimmt: ich bin es doch, der klarkommen muss mit diesem gedicht. tu ich aber nicht. ihr vielleicht? bei wem das so ist, der kann sich ja mal melden. im sinne von jetzt. wenn dein ofen nicht mehr zieht, muss das kein schicksal sein. häufig liegt eine tote eule im rohr. die schiebst du mit dem besen raus, was das problem normalerweise löst. und dieser geruch nach altem keller, ist das womöglich das meer? ich sah eine art maximum rhododendron brennen letztes jahr. frage nicht!

(4)

wahrscheinlich besser, du gehst zuckschwerdtstraße (und ich die gasse, wo die dirnen stehn). am abend naht der friedensrichter und will die hammelbeine ziehen: lang, länger – immer drängender. ich geh auf selbst gesägten stelzen, du hast so makadam madame© von birkenstock. im jahre 1974 folgte der schock: der albanische botschafter hielt sich – trotz strengstem haustierverbot – in der wohnung taubenstraße einen waran. da kannst du mal sehen. da kannst du aber wirklich mal sehen.

das haus meines schwiegervaters war um vieles schöner als der hut von vitos opa. für fünfunddreißig pfennige bekam man damals schon ein schönes eis. mein größter traum war es, einmal im leben coney island zu besuchen. jörgs mutter stand immer an der busstation rum, stieg aber nie ein. ramona half stundenweise am bahnhofsbüffet bad cannstatt aus. bertrand russell war der akademik- und erkenntnismann. zudem verfügte er über einen tadellosen charakter. da könnt ihr euch alle auf den kopf stellen.

am rande eines kleinen sees im schwäbischen sind bis heute ein schlafsack und eine leere kiste herrenpils vergraben. die seen in kaschubien heißen torfäuglein. sollten sie nun überrascht sein, dass ich so viel über seen weiß – never mind: seen sind mein hobby! es ist mitte november. draußen fällt schnee. in der änderungsschneiderei güç erlischt die beleuchtung. onkel suleiman gönnt sich im dunkel einen ochsenmaulsalat. wahrscheinlich besser, du gehst burgstallstraße (und ich die gasse, wo die hasen schlafen).

(5)

zwischenzeitlich wie rudi eibisch. der albrecht-achilles-kiez in wilmersdorf. dein verwechseln von dorpat und memel. und deine ach so coole doppelmoral. einer tat den dählie-schwur. froschnatur. doch wisse: meine schnute macht mich zutiefst attraktiv. mitte mai, bei sonnenschein und vierundzwanzig grad, habe ich die anzüglichkeiten des zeltplatzbetreibers endgültig satt. ein letzter doppelwacholder – und dann blitzschnell ab richtung scheeßel.

vlotho of my own design, proxima thule, praktisch das ende von sine qua non. an dieser fügung will ich noch ein bisschen feilen, so man mich lässt. eilers hielt den kasten sauber. ramonas bruder jobbte später als stricher. trotzdem fehlte am monatsende das geld. wie, fragst du, kam die schönheit in die welt? und wie die herzensgüte? in jülich gibt es meines wissens einen brüter. und eine beschauliche diele in leipzig. liegt allerdings ein wenig außerhalb.

zur seite gesprochen und gerichtet ausschließlich an die, die es betrifft: oppumer schmeckt gar nicht so schlecht! brian vom nachmittagstresen erzählt mir, dass dylan thomas hier nicht nur getrunken, sondern auch gedichtet hat, vor allem dieses eine mit »sie nimmt das licht durch die spinnende wand wahr«. klar, dass ich da beeindruckt bin. dave und clark auf der bühne tun es chromatisch, das songbook rauf und runter. am nebentisch kommt tintenfisch mit tunke.

(6)

absolute süß-marie – mit: was man für sechs weiße stuten bekommt. leider nicht besonders viel. einen trunkenbold aus dem iran und ein päckchen krumme hunde. deal? ja, gerne. abgemacht. in den trümmen seines portikusses steht ein junger kurator und weint bitterlich. absolute süß-marie. erz gab ich für eisen. noch 1978 war es möglich, ein 60-liter-aquarium gegen eine bassgitarre einzutauschen. fender mustang pj in sonic blue. ein wirklich knallharter deal.

auf dem flügel von blüthner ein sträußchen ranunkeln. davor der trübi vom gestüt. süß wie westberliner radio. doch auch grausam wie eine diakonissenschwadron unter banner. genuine peripetie, mit wurzelholz und einem wimpel. vitos mutter sieht verdammt gut aus. immer, wenn sie anfängt zu verhütten. ich kann mich noch an »keine innenstadt« erinnern, du an die tribute von spiez oder schruns. unter diesem kleinen busch lebte angeblich jahrelang hans-günter bruns.

süß wie schwundform, schrecklich wie schulreform unter spulwurm. roman spulwurm vom gestüt. mister peristaltik, der magnesiummann. angeblich hat alvin curran in diesem haus gewohnt. brinkmann war, glaube ich, weiter südlich. onkel suleiman hat so eine art laute, die spielt man am euphrat. ob man dafür ein paar schweinslederne bekommt? wohl kaum. im sinne von nie. absolute süß-marie. absolute süß-marie. freche schildkröte im schnee? copley square.

(7)

offensichtlich glaubensbrüder fünf. derer von kladno und
poldi. da hört man mich rufen: clara, mein engel, bist du
unten mit mir? und ich ruf es laut: das ist unser text – bis
es uns schließlich zerfetzt. ein bisschen zu lange schon
ging der uhu zum schuh. in münchen bricht ein krüger
in echt. ihn geleiten fünfzehn jongleure in oberbekleidung.
und ein schwarzer hund, der bellt. weiters sechzehn rich-
tig durchgeknallte hexenmeister. und ein blauer ford escort.

und ein dunkelroter polski-fiat. was man wohl für einen
dunkelroten polski-fiat bekommt? so sechs- bis siebenhun-
dert stutz. ich möchte ergänzen: höchstens! spürst du den
schmalen spalt, der sich öffnet zwischen höchstens und
bestenfalls? ja, ich kann ihn spüren. wittgenstein konnte
bei dunkelheit lesen. ziemlich gut sogar. und falls das hier
noch jemanden interessiert: vitos opa sitzt nach wie vor vor
dem milchgeschäft und raucht. ich schätze mal: auf lunge.

genau in diesem augenblick habe ich vergessen, wie carole
king tatsächlich heißt. was ich jedoch weiß: dass shiner-
bier von spoetzl kommt. jede büchse, die du retournierst,
rettet einen unserer jungs im irak. das ist die wahrheit. tru-
ism ist allerdings auch nur ein wort, plausibilität hingegen
ist ein konzept. hier wird es ziemlich streng verfolgt. sollte
dennoch etwas unklar bleiben, empfehlen wir die erzeugnisse
der brockhaus-gruppe. oder sie rufen mich einfach kurz an.

(8)

zum fünften mal hier in der gegend. und trotzdem empfiehlt man mir, ich möge mal nicht niedlich werden. durch das innenfutter ertaste ich mein geschlecht. sie arbeitet derweil mein gewicht heraus, doch als ich volle kanne in der pampe lande, merke ich, dass ich mein hemd »vergessen« habe. jemand nettes leiht mir seines. es handelt sich dabei um ein dunkelbraunes bowlinghemd mit taschenaufschrift »eddie«. dann aber ändert sich der ton.

zum sechsten mal in der u-bahn-station dudley square. singt, tanzt und dichtet auf zuruf. man muss es ihm allerdings öfter sagen, und auch dann ist nicht sicher, dass es gelingt. du bist ein kind von schrundigkeit, ein kundiger affe, ein gott. und sitzt zur rechten berrigans. cochem blieb zeitlebens ein uneingelöstes versprechen. brilon lag möglicherweise im hochsauerlandkreis. sie haben tolle teiche da. dein gang jedoch gemahnt an olle manfredmann.

balderschwang. der clan, der seine socken lebendig einmauert. vitos clan. doch vito ist raus. der clan der weichen mit dem mackezeichen. vito fährt total auf stegmüller ab. vitos opa hat neurath noch persönlich gekannt. die glocken vom turm des zentralen tempels der christlichen wissenschaft spielen »kommet zuhauf«. es ist sonntag, neun uhr, atlantische zeit. waismann war übrigens gleichfalls im clan. schlick hingegen hielt auf abstand. und so tat es bolzano.

(9)

gestrandet in back bay, mit neuerlichem musberg-blues. könnte denn das bereits das ende sein? die uralten schaffner vom 82er-bus trinken dein blut und rauchen (ehrlich!) deine augenlider. schön ist das nicht – doch ist es, wie es ist. und mein schwippi-schwappi-schwager sagt, ich soll ihn mal in seinem honky-tonk besuchen. und ich sag: ja, ich käme mal vorbei. und ob das dann das ende sei? noch lange nicht! mit quengeling-gesicht. notabene ich. er nicht.

eibisch, gleiwitz und ein bisschen biel. in marburg hat man mir linkes denken beigebogen. moore war so was von stolz auf seine sätze, er wäre fast geplatzt. feisal ward babo in klaipeda. in sibiu schließt sich der kreis. und während im fernsehen bereits die quizsendung läuft, bereitet sich onkel suleiman eine frugale reistafel zu. am brunnen erwartet das käuzchen der krug. das spoetzl hat so einen richtig fiesen beigeschmack, ich glaub, ich steige jetzt auf yuengling um.

was ich gerne noch erwähnen würde, ist das boston melasse desaster von 1919: vierzehn passanten ertranken. am dritten tage auferstanden. nur noch kutteln und pansen, so sah das damals aus. vitos opa holt so langsam den stuhl rein. ramona sagt die letzte runde an. mr klugman aus new jersey erklärt mir seinen namen. hier noch, was mir in providence geschah: thayer-geschiebe, zwei bücher von dallas wiebe, der zerrissene hase in der bowen street, rosmarie und keith.

4. KAPITEL

die (h)ortographie

NICO BLEUTGE

und drüben bleiben, lethe
und blüte, kein beistrich zwischen
den klappen kein knien was
kappt sich im rutschen im kippen
von *dut* zu *mut* das fließen,
vergessen ist nichts, aus den fremden
knospen. ein wort wie rusta,
paste, wie mistral. die muskatnuß
ist nicht die blüte. wer ist schale,
wer ist hand. immer etwas
zu viel, im drehen von zinken,
gedanken, einmal gefehlt. mantel
als blüte, same als nuß. *myn hertz*
ist gantzer listen vol. läßt sich
nicht strecken. pulverisiert, in
streifen, ohne sicht. die nelke spüren,
honig. die lücke, zwischen strang
und strich. die knochen sprechen dich

MARCEL BEYER

Der Amselpapst

Ich sah den Amselpapst, man konnte
ihn nicht übersehen, ich
sprach das Stoßgebet, doch es war
schon um mich geschehen. Ich

sah den Amselpapst, er schien am
Fenster sich ganz leise
vor dem Tag zu verneigen. Die
Atemstöße, Amselbeine fuhren

mir heftig ein, die kein Mensch
spüren, hören, sehen darf.
Die Amsel: ein Morgengewand. Die
Amselstimme: eine Blöße.

In meinen Augen Schlaf. Ich sah den
Amselpapst, er kam als
müder, als herrischer, verlebter
Morgenfänger, er sprach mit

jemandem, den ich nicht kannte, mit
seinem Nachbarn, seinem
Feind, mit seinem Diener, seinem
Herrn, mit seiner Kaltmamsell

oder am Ende doch mit mir, seiner
grobhäutigen Gouvernante.
Ich sah den Amselpapst, ich lag
im Bett wie präpariert und hinter

Glas, was hätte ich auch machen
sollen, mir fehlte schlicht
die Contenance. Und die Sonne hing
schief, und vom Fensterbrett

her schielte er nach Resten, und in
seinem Rücken herrschte ein
Licht wie in der Rohfilmindustrie.
Glatt lag sein Gefieder am

faustgroßen Körper. Er rührte sich
nicht. Der Mond ging unter
im Westen wie auf einer schaurigen
Landschaftsphotographie. Ich sah,

er schlief. Er hatte sich vergessen.
Ich sah den Amselpapst.
Der Morgen wurde immer länger. Er
dauert nun bald einen vollen Tag.

GISBERT AMM

ammsel

soll ich als amm schreiben über die amsel
alle schreiben über die amsel die amsel
schreibt nichts wirft laub der jahre hin und her

die amsel wird aussterben das wort amsel
dem wort mamsell folgen in den grimmfriedhof
angst um die amsel titeln die tothölzer

sie werde dem fleischervogel nachfolgen
dem raubwürger und ich denke wie
sie geht uns komischen fleischervögeln
uns grotesken raubwürgern doch voran

DURS GRÜNBEIN

Fensterplatz, Großraumwagen

Die Kiefern laufen querfeldein
in kleinen Stoßtrupps, Stiefelschritt,
und keins der Dörfer hält sie auf.
Landstraßen nehmen sie ein Weilchen mit,
Strommasten jagen sie bergauf, bergab
im gelben Winterhimmelsschein.

Die Mistelnester, Frucht aus Vogelmist,
setzen weit draußen Punkt um Punkt.
Von Blenden abgeschnitten ist die Sicht
auf Heimat. Telefon?
                                        Gestörten Funk-
Verkehr vermerkt der OKW-Bericht.
Ein Autobahnkreuz zeigt dir, wo du bist.

Die Landschaft fliegt vorbei. Fern ragt
durch dichten Rauch ein Schornsteinschwarm.
Ein Fluß zieht Weiden an, vorm Rübenfeld
reckt eine Birke ihren nackten Arm.
Was auch das Viadukt dem Tal erzählt,
der Bahndamm weiß mehr als er sagt.

WILHELM BARTSCH

Neulich ein Ticket zum Gewitter im KOLOSSEUM:
Dolbius Surroundus' Kampfwagen fuhr draußen herum,
drinnen wie Morgenrot krachend Cinemax seiner
voller Siegespalmen und Löwen und Leichen.

Rom bleibt doch Rom, und das ist ein ewiger Abspann.
Wäre nicht besser ein Ticket hin nach Arkadien?
Ja wenn dir im lüsternen Laubwerk zu rascheln gefällt
und die Beibringung von Flötentönen und Bockssprung.

ILMA RAKUSA

Ländlich (ein Löffel Medizin)

Baumriesen ein keltischer Wall
ich höre Wiesen
ihren rieselnden Klang
Grillen im Sommerdiskurs
viele
im Haus alte Dielen
Bilder florierende Vasen
der Fuss streift Vergangenheit
nur die Stille des Brots ungebrochen
ein warmer Laib
auf eine Handvoll Papier
kritzle ich: Scheune
kritzle: Ritzen
viele
wo sind die Mäuse
die Wichte mit leerem Magen
von welchen Töpfen
träufelt Marmelade
ich schreibe: geboren
enttauft eingerahmt
zähle Fotos Balken
Kammern
die Keimkartoffeln
lass ich aus
Ahnen gibt es
viele
nur einen Atemzug entfernt
gemeinsam erwarten wir
(Lob des Dunkels)
den Abend der in die
Beete fällt

MARIO OSTERLAND

Alexandria, von Süden kommend

es hat mich eine Nacht gekostet den Staub der Wüste abzuhusten und einen Tag hab ich gebraucht mich zu gewöhnen an den Staub der Stadt er brennt in den Augen kratzt mir im Hals wird den Touristen als Gewürz verkauft liegt kostenlos für jedermann als Schleier in den Straßen es scheint sogar die Häuser sind aus Staub gemacht von überall heran geweht und über tausende von Jahren zu Fassaden fest vertrocknet ging ich hier tagelang im Slalom um die alten Barrikaden begann die Dürre meiner Lippen auszukosten bis das Kondenswasser der Klimaanlagen die hohle Hand mir übertropfen ließ und kaufte schließlich doch zwei Beutel Staub als Proviant für meinen langen Weg nach Hause es hat mich mehr als eine Nacht gekostet um wirklich wieder da zu sein

JAN RÖHNERT

Telemannstraße

Wir hatten uns in Vergessen geübt,
mein Schatten und das Mädchen aus der Telepathie.
Die Bäume sträuben sich gegen die Dämmerung
wie Handschuhe in einem Rosenbusch.
Unterwegs blicken wir uns um,
als wollten wir fragen, wie spät es ist
und statt der Uhr deutest du in die Richtung,
aus der du kommst. Jetzt
wäre ich wieder am Zug. Doch was
nützt es, wenn es im falschen
Moment geschieht? Vor dem Verzehr
müssen die Auberginen in Kristallsalz und Öl getränkt
gut durchgezogen sein. Jemand hat das Rezept
nach Finnland eingeschleppt, jetzt
ist es karelisches Nationalgericht.

Wenn der Sommer seine Vorboten schickt,
sind es plötzlich die Dinge, die leuchten,
und die Schatten verdampft. Der Eichelhäher
lässt sich über dem Astloch nieder,
auf der Borke sein Schnabel
schwenkt den Taktstock zur Tafelmusik.
Lass uns die Melodie halten,
um auf einer Wellenlänge zu sein,
der verschlungenen Tonspur, die uns
über Indien zum Sinai führt.

MICHAEL KRÜGER

Aufkirchen, Ostermesse

Zur Vorbereitung musst du ein Zweiglein
der Petersilie brechen für den Heiligen,
der die Amseln dirigiert beim Anbruch
der elegischen Stunde; und ein Zweiglein
vom Thymian für den Arzt,
der damit den innerlichen Leib ausfegt,
auf dass die Stimme sich selber hören kann;
und dann sollst du den faulen Baum
schneiden drei Handbreit über dem Boden
und ein besseres Reis impfen in den Stumpf.
Und geh schon des Nachts zur Kirche,
setz dich unter die sternenübersäte Mandorla
am Rande des singenden Waldes
und höre dem Chor der Ameisen zu,
wie er übt für die baldige Auferstehung.

HANS THILL

IN DER EILE

erschien mir
der Tag als
ein Garten
der Ortographie
mit Birnen und
den Gelbwespen
auf dem faulen Obst

sah ich bezahlte Esser,
Leute deren Kot
nach Kaffee riecht.

Sagte gracie
Tantalus und das
Geld in meiner
Tasche quatschte
durcheinander.

MICHAEL KRÜGER

Im Feld

Wortkarg ist die Erde,
wenn es um die Ewigkeit geht,
wie weggedreht aus dem Geschwätz.
Am Mittag, wenn die Schatten
unter die Büsche kriechen
und der Schuh des Wanderers
den eigenen Schatten zertritt,
wird das Urteil verkündet,
das wir selber geschrieben haben.
Die Ameisen nehmen es mit
unter die beintrockene Erde,
um es in Ruhe auszulegen.
Also keine Geschichte?
Nein, keine Geschichte,
In der wir vorkommen dürfen.

MARTINA WEBER

Stillleben oder Landschaftsgemälde mit Aprikosengarten
(verschüttetes Licht), ich bin einfach weitergegangen, vorbei
am Glockengeläut. Die Zeit als Fläche betrachten, als Silberbelag,
eine Spur ohne Schrift. Sie hatten den Pferden die Augen verbunden,
es waren Bänder mit traditionellen Mustern, bunt. Ich dachte
an Hemingways alten Mann an der Brücke und an die Tiere,
die er zurücklassen musste, weil es ein Hauptmann befahl.
Im Himmel ein verschwindender weißer Vogel oder Reflexionen
von nichts, schwerelos, wie die hohen Gräser am Fluss,
die sich beugten. Oder gemeinsam am Lagerfeuer zu sitzen,
bis es verglimmt. Die Taschenlampe unters Kinn gerichtet.
Eine kleine Rede halten, in einer Sprache, die niemand versteht.

ACHIM WAGNER

Brennnesseln

An einem abgeschnittenen Weg
die quergelegten Bäume wir
fragten nicht nach dem Jahrtausend
wo Jäger und Tier
in einem abgesteckten Gehege
wie sich Tau ausbreitet
auf einem Spinnennetz
der Moder über Äste
wir warteten bis der Schnee
die Brennnesseln von unseren Beinen
der Frost über Seen und Dünen
keine Spuren nur unser Atem

ULRIKE DRAESNER

frl. heinz sagt

lass dich doch mal sprengen von mir
um in dich reinzuschauen auch
käfer wie du müssen einen gedanken
enthalten und sei's nur als ornament
oder als petersilie selbst
damit wär ich zufrieden verspräche
das doch einen garten in dir dass
auch du manchmal auf knien
knollst. deine sonne hängt
merkst du es nicht zwischen den
alten kastanien fest. also: speis mich
nicht ab mit fernrohren deinem »heran
was lieben kann« während du rosa
weltraumhasen in satelliten packst
als letztes gefühl. zieh die schuhe aus
bevor du hereinkommst. die schuhe
lass an der treppe neben
der tür

behaart
purpurfarben
leise

die roselle am türstock
die sich manchmal an dich lehnt
licht (frl. heinz)
im wind

KATHARINA FRANCK

Wir reden von Schlössern

Wir reden von Schlössern
Und was sie erhält außer Geld
Sie denkt an verriegelte Zeit
Der sie niemals entrinnt
Du denkst an Codes und wie man sie knackt
Keine Nuß gleicht der anderen
Bitter sind sie alle
Hinten im Rachen
Kratz
Schnaps
Ich schmiede Pläne in dünner Luft
Blicke von oben herab
Auf nicht verheilte Wunden
Aloe Vera überlebt
In hässlichen Kübeln
Trampelpfade voll Hundekot, Plastikbesteck
An der Wasserstraße Weltraumschrott
Du bist so negativ
Sagt sie und betritt die Baustelle ohne Helm
Vielleicht kann sie nichts erschüttern
Vielleicht bleibt auch das im Dunkeln
Im fahlen Licht der Allee der Kosmonauten
Erschnüffelt sich die schöne Laika
Erneut eine verstopfte Nase
Kein Spitz
Kein Knopf
Kein Leinenzwang
Im großen Garten
Schmust die Katze

Mit alten Galoschen
Schrickt auf
Legt sich wieder hin
Ein Häuflein Fell im Schatten der Kirsche
Atmet

MARA-DARIA COJOCARU

Vom Wind

Ecke Carl Wery-Arnold
Sommerfeld

Von wegen, lange Zeit kein Regen
Die Ideen stehen reif bereit
Ein ganzes Feld und ich daneben
Ach, Achänen, einsamiges Streben
Will noch einmal Pusteblume werden
Zungen blühen, Möwen üben sich im Gehen
Aus der Böschung schwanken eben
Junge Hundsgesichter, Pflanzenfüßer
Wir halten uns den Volksmund zu
Hier ist neues Leben im Entstehen

Du wie gewöhnlich
Besorgt am Rand, nimmst meine Ideen
In die Hand: Löwenschmarrn
Pustekuchen

ANJA KAMPMANN

felder, offen für jedes licht
als würden sie ihre eigenen ränder
wieder und wieder nachziehen
sich ihrer lage vergewissern
als wäre da nichts als die lage
die gelassenheit, in der sich die farben sammeln
in streifen, zacken, angeschrägten kästen
ohne tiefe
wie etwas vorübergehendes
lack, den du mit einem nagel abkratzt
das bild, das wir voneinander behalten
ohne zu verstehen.

KENAH CUSANIT

Sanddorn

Die Pflanze sucht keine Gesellschaft, die ruhig ist.
Sie sucht auch keine, die laut ist. Sie steht zufällig da
wo der Garten abgebrochen ist. Verdammt seien
die Werke des Tagebaus, *those cruel things*. Verdammt
ist die Pflanze, eine Aufgabe zu finden, die sie an
den Rand des Wahnsinns bringt: Die Produktion
von Vitamin C unter ungünstigen Bedingungen
könnte ihr aber gelingen, weil sie Talent dazu hat
und Verwandte an der Ostsee, die sie beraten.

(aus: 29 Handreichungen, mit Percy Bysshe Shelley)

KENAH CUSANIT

Haselnüsse

Wie verwandt man sein müsse. Und mit wem. Was
Verwandtschaft ist. Wie verwandt man sein müsse
mit dem Menschen, dem gehört, was man haben
möchte: Haselnüsse, Früchte einer gemeinen Pflanze
aus der Familie der Birkengewächse. Verwandtschaft
ist ein blutiger Strauß, er ficht mit sich. Aber einmal
im Herbst fuhr der Himmel bis aufs Meer hinaus.
Der Haselnussstrauch hing über den Zaun aufs Feld
which is Nature's. Also bitte, dachte ich, und griff.

(aus: 29 Handreichungen, mit Percy Bysshe Shelley)

MARTINA BILKE

bindung

ein wünschen zieht sich noch aus meinem fenster windet
sich um gitterzaun kreuzt efeu schwingt hinüber in die welt
verharrt und fällt auf teer
hangelt hinab zum garten gleitet durch ginsterstrauch
durch kräuter büsche gras hält ein bei den hortensien

nimmt seinen weg an stuhl und bank vorbei
an stein berührt das laubversteck
aus glanz so grün

dann durch die tür den gang entlang schwankt taumelt
und verfehlt sein ziel verglimmt erlischt

RUDOLF BUSSMANN

Selfie mit Nachtschatten

An der Spitze der Staude
Knapp unter den blassgelben Blüten
Zerschneidet meine Schere den Bast
Und wo die letzten Früchte hingen
Auch dort schneidet sie den Bast entzwei
Fährt weiter hinunter, lösend, was ich Monat
Für Monat aufband. Die Staude neigt sich
Vom November in den Herbst, vom Herbst
In die Hitze des Sommers, sie krümmt sich
Über den Festen des Juni, den frostfreien Nächten
Im Mai, reisst unreife Früchte mit in den März
Bis ihre Spitze die Wurzeln berührt, und nackt
Steht vor mir der Pfahl, der ihr Halt war.

Um seinen Schaft hängt
Das zu Ende gehende Jahr
Als feiner, herber Geruch.

MARCEL BEYER

Ginster

Der Tod ist ein Arschloch aus Strehlen,
er hockt dort, wo der Ginster
blüht. Ich seh ihn am frühen Morgen,
ich seh ihn an meinem Weg,

wie er mit seiner schwarzen Zunge
die Blüten des Ginsters berührt.
Die Kronblätter, die behaarten, ich sehe,
wie er sie leckt, und ich flüstere

bei jedem Schritt: Er will mich ja gar
nicht haben, er will mich ja
nur quälen, wenn ich zur Straßenbahn
gehe. Der Tod ist kein Mann,

auch kein Junge, die Gärtner haben ihn
gern. Sie geben ihm Wasser, sie
geben ihm Sand, sie geben ihm Licht,
sie geben ihm Stein, und ich

flüstere immer für mich: Halte dich
von den Gärtnern, halte dich von
den Heckenscheren und dem finsteren
Grinsen fern. Der Tod ist ein

Arschloch aus Strehlen, ich weiß es,
er hält die Gärtner in seiner
Gewalt. Er leckt immer dieselben
Stellen, das weiß ich, denn ich sehe

jeden Morgen, wie er seine steife Zunge
tief in die Ginsterblüten steckt.
Wenn ich morgens zur Straßenbahn
gehe, flüstere ich bei jedem Schritt:

Bitte nicht ich, nur bitte nicht ich, ein
Gärtner soll der nächste sein.
Denn wenn er mich einmal entdeckt,
dann weiß ich, er schleudert,

sobald sie reif sind, die Schleuderfrüchte
des Ginsters nach mir. Der Tod
ist ein richtiges Arschloch, er wechselt
niemals den Ort. Seine schwarze,

steife Zunge schleckt Ginsterblüten ab.
Der Ginster wird überwintern,
und ich, ich gehe ein. Nimm mich
fort. Nimm mich fort.

ANDREA HEUSER

Da wir hier sind
Zum 200. Geburtstag von Charles Darwin

Glücklich war er im Garten, *a kind of*
ornamental hermit, Bewohner des Grases
von Käfern und Bienen umsummt
Das schönste, das stärkste Getier zerstach ihm
den mageren Bauch, Bauch aber passte sich an
und ging fortan im Leibchen umher
Reizender Opa, flüsterten Bäume und Blätter
Mit ruhiger Kraft killte er Fleischfresser
Strychnin!, Chinin!, Nikotin!
Tödlich einiges, anderes, M*orphium!,* nicht
Worte, die meisten überstand er, Freunde, Feinde
in duckender Haltung
Huxley, Haeckel und Spencer, oh je
kommen schon wieder zum Tee!
Da stand er und steht und steht
Ist mein Bart schon so lang
geschwätzt wie der von Karl Marx?
Wer, bitte, stellt ihn unter Naturschutz?
Sein Garten, *Schöpfung,* eine Katastrophe!
Ein Kommen und Gehen, Aussterben, Entstehen
von Bienen und Käfern umsummt
Maulwurf und Eichel, Gräser und Teich
Das schönste, das stärkste Getier und wir
in den hintersten Bänken: W*arum sind wir hier?*
Er mochte den Menschen, der mag sich nicht mehr
Weiß jetzt, woher die Tiere, Pflanzen, die Engländer kommen
Weiß es und wurmt sich. Bitterer Biss!
Zurück in den Apfel, Erkenntis, zurück, zurück!
Alles entspringt schließlich einer früheren Form

Ungefähr

Am Zaun in Brooklyn
steht auf einem Blatt
dass jemand was verloren hat
am Zaun in Brooklyn
wird aber verschwiegen
was genau und was wir kriegen
für einen ungefähren Fund
ein Knopf ein Knie ein Hut ein Hund
am Zaun in Brooklyn
steht alles nur ungefähr
als ob es geflüstert wär
am Zaun in Brooklyn
erfahren wir mit Absicht nicht
ob unser Fund dem ungefähr
Verlorenen entspricht

ALEXANDER KAPPE

Raupe

Lustig lagen die beiden Dämonen im Feld der Narzissen
blutberahmte Fasern im Anorak, geistweise Aufstieg
in Nebeln. Linker Hand eingeschlafene Boule-Spieler

Endlandssöhne, exmatrikulierte Lastwagenfahrer
im Bund mit allerhand staatlich nicht-erfassten Gestalten
kommen von Norden die Straße hinunter. Zuckeln

abgebrochene Blitze, Wachsmalstifte im Himmel
dahinter ein kolossaler Baum, der zusammengefaltet
aus blauen Schatullen zaghaft ins verknotete Licht rollt

eine gläserne Kaserne spinnt. Auf der Tafel
steht was von »Traumpflug, das abgebrochene
Gerät«, was von »Sturztrunk, aber unverthront«

yes, ich bewundere dies Paar, ihr Rekrutierungsgehabe
erinnert an frühes Gefasel von Novalis, und ich

bin nur eine Raupe, ich liege im Gras
und ich lausche, ein organisches Amulett der Wiesen
ein zu kurz geratener Tourist mit wenig Expertise.

NADJA KÜCHENMEISTER

rauperich

lange nicht gesehen, rauperich, dein gesicht
war immer umständlich. bist du müde, sag
es mir nicht, dein rücken ist erinnerlich

ich schlafe lange dieser tage, schlicht, schlichter
schlaf wie pelz, ein bisschen fürchterlich
kein wort soll kommen lippiglich

lange nicht gesehen, rauperich, ich habe aufgeräumt
geträumt: ich war so weniglich, du warst so rauperich
noch mal deine briefe gelesen, jedes wort vergiss

mein nicht, aber ich habe dich vergessen
rauperich, du mich nicht, liege ich richtig
wer aufräumt, der begegnet sich, wie ungünstig

lange nicht gesehen, rauperich, fast fühle ich
mich sonntäglich, als mir auf den finger glitt
dein fingerich, war ich ein veilchen, unsäglich

dann wieder ich, das gegenteil von rauperich
versteh ich nicht: als ich mich umsah, warst du da
was sucht mein schuh da, und was suche ich?

hey, whattup lil' inchworm *Afroman*?

hey, whattup lil' inchworm *Afroman*, hey, kemosabe! long time
no see *Laurie Anderson*. turn on feedback, looper *Bodies Without Organs*!
it comes the midterm *The Mess*, lil' inchworm *Afroman*, our bodies
are in twain *Sugababes*, gliding further into a stupor *Myriads*,
out on the stoop *Babs Gonzales*, stuck in a loop, again *Devo*.

hey, whattup lil' inchworm *Afroman*, zastarovje, my friend,
long time no see *Leningrad Cowboys*, you were never one for sleeping late,
but oh *The Lucksmiths*, tell me, are you tired *Santana*, you, once admired *Polaroid*
no wait, don't tell me *1st Vows*, lil' inchworm *Afroman*, turn on feedback,
looper *Bodies Without Organs*, it's none of my concern *Nasty C*.

hey, whattup lil' inchworm *Afroman*, long time no see, short time
for you and me *The Moody Blues*, turn on feedback, looper *Bodies Without Organs*,
just you wait and see *Benny Goodman*, doing your wave and keep it
loopy *Kanye West*, just don't act snooty *Too Short*, creeping towards me
The Contortionist. /
you ain't that wavy, you ain't that loopy *The LOX*.

do you know what *Madonna*, lil' inchworm *Afromam*? these days i'm
moving loopy *Mist*, caught in the haze of sleeping late *Silversun Pickups*,
staying up late, lately *Michelle Lewis*, i'm the one doing this *The National* waltz
with a loping gait *Chris Mills*. do you know what *Madonna*, lil' inchworm
Afroman? /
turn on feedback, looper *Bodies Without Organs*, i know it's kinda late *The Click Fi*

hey, whattup lil' inchworm *Afroman*, long time no see, short time
for you and me *The Moody Blues*. it comes the midterm *The Mess*, late to
rethink and to return *With Honor*, no u-turn to get back to me *McFly*.
tell me are you *Alicia Keys* stuck in a loop, again *Devo*? nothing i wouldn't
stoop to *Perry Blake*, except for you *Lana Del Rey*. a bruise waiting to attain
36 Crazyfists.

maintain a regal gait *Barbie*, lil' inchworm *Afroman*, doing your wave
and keep it loopy *Kanye West*. hey, whattup *Afroman*, long time no see
Laurie Anderson, /
as i look at the letter you wrote to me *The Flying Burrito Brothers* (you wrote *Nas*:
»sweet forget me not *Sun*«), i suddenly remember *Suzanne Vega*, oh,
that's right, i forgot, it was me *Cowboy Junkies*. turn on feedback,

looper *Bodies Without Organs*! i lost my *The Weeknd* forget-me-knot *Serj Tankian*,
trying to get tanned *Paul Williams* i slipped it from my hand *Stonewall Jackson*.
bounce out the flat, little worm, get the birdy *Atmosphere*, it's time to
clean house *Eligh*, you end up getting dirty *Hawksley Workman*, put it in reverse,
get it right *Blood on the Dance Floor*, pull the shade and douse the light *The Flock*.

hey, whattup lil' inchworm *Afroman*, hey, kemosabe! long time
no see *Laurie Anderson*.

(nach Nadja Küchenmeister: »rauperich«)

5. KAPITEL

die löschte den reim

Nachdichtungen

BEN JONSON

Der Traum

Mag ich auch Hohn, auch Mitleid auf mich ziehn,
so darf ich doch das wahre Wort nicht fliehn:
Genichtet bin ich heute Nacht;
Die Liebe hat, in einen zarten Traum verhüllt,
plötzlich sowohl mich, als auch mein Herz erfüllt,
das nie im Wachen sie hat anzugehn gewagt;
Noch hat sie, um wessentwillen, mir gesagt,
sie mir nun diese Wonne dargebracht,
mir diese Niedertracht,
und überlässt stattdessen mich dem Suchen, Bangen,
da mich erneut nach Schlaf wildes Verlangen
ergreift, der ihr zu Hilfe kam;
Und Schlaf, voll Angst, voll Schuld und Scham,
da sie seither nicht wagt, sich meinem Blick zu nahen aus der
Nacht.

Aus dem Englischen von Emanuel Schneider

EUGENIUSZ TKACZYSZYN-DYCKI

I.
Das Polnisch meiner Mutter

alles was vergangen ist
und taghell leuchtet vor dir
oder hinter dir und alles was
zu gestern wird

kann poesie sein kehr einfach zurück
nach Przemyskie (doch dorthin gibt es
kein zurück) besuche die Papiernickis
und Ilnickis die mutter besuchte und

die zeit vergaß so stell ichs mir vor
ihr polnisch ist gar nicht so schlecht

Aus dem Polnischen von Uljana Wolf und Michael Zgodzay

EUGENIUSZ TKACZYSZYN-DYCKI

II.

ich schaffte sämtliche papiere fort
aus Przemyskie doch gräber gräber
ließ ich dort zurück und mehr
konnte ich nicht für mich tun

ich mietete ein auto aus Krowica
Hołodowska und schaffte teile
der bibliothek samt nussbaumschrank
fort (wozu war das gut?) aber gräber

gräber ließ ich zurück im schutz
der bäume an denen wir vorbeifuhren
und mehr konnte ich nicht für mich
bunkern siehe nussbaumschrank

Aus dem Polnischen von Uljana Wolf und Michael Zgodzay

JACQUELINE GOLDBERG

Majdanek und die Weinstöcke

Jemand fotografiert meine Füße,
die bereits kleiner sind als die meines Sohnes.

Das Bild sagt nichts über die Kälte.

Wir waren in einem der großen Weinberge Patagoniens,
neben der Rippe eines Dinosauriers.

Das Bild sagt nichts über die Schmerzen an meinen Fersen.
Und dass der Spaziergang gestern unbedeutend war.

Es gäbe andere Fußabdrücke, nicht identifizierbar,
im Vernichtungslager bei Lublin.
Dort ist eine Baracke mit Schuhen erhalten:
Schuhe von Männern und Frauen, Schuhe von Babys,
aus Samt, aber schmutzig, sehr schmutzig.

Es ist bekannt, dass man sie direkt aus der Hochzeitsnacht
blutig abgeführt hat. Mann und Frau
und sie waren einander gleich durch den Hass, der ihnen entgegenschlug

Es ist bekannt, dass der Tod wieder einfach geworden ist,
ein Lichtschlag, ein Schrägstrich.

[Die Verwandtschaft meiner Mutter stammte aus Warschau,
habe ich je die Augenbinde eines Urgroßvaters berührt?]

Ich bereiste Majdanek, hastig, nervös,
ich blieb vor der überbeanspruchten Gasleitung stehen,
ergab mich dem Schicksal, Vernichtung von Schönheit,
ich war immun gegen den Klagegesang dieser Sohlen,
die sich verrenken, verkrümmen,
Gebete sprechen mit den Stimmen der Verstoßenen.

Die Reise sollte nur fünfzehn Tage dauern
bis zum Tauwetter im Süden.
Ich glaubte damals nicht, dass meine Schuhe
– fotografiert zwischen Weinstöcken –
es schaffen würden, zurückzukehren
aus der schrecklichen polnischen Schlucht,
heraus aus dem Schlamm, aus einer Wut, die das Schreiben verhindert.

Aus dem venezolanischen Spanischen von
Geraldine Gutiérrez-Wienken und Martina Weber

WILL BURNS

Umkehr

Ein paar Federn auf dem Uferweg neben dem Buschwerk
lassen den Kadaver erkennen.
Nichts ist unheimlicher
als außergewöhnliche Kälte –
die Reiher und das Licht sind zum Fluss zurückgekehrt,
in der gleichen Woche wie ein Sturm aus Russland.
Die starken Strömungen nehmen sich Zeit, sie liegen
tagelang unaufgetaut an entlegenen Ufern,
verfärbt durch einen Oberboden,
der von den Feldern weggeblasen wurde.
Die wilden Vögel fliegen, ungeschickt, davon,
flussaufwärts und immer davon.
Und ich, eine Gewalt in meiner eigenen Gestalt,
bewege mich zurück und durch die Stadt,
allein, beschämt,
ein Mann auf seinem ausgetretenen, inhaltsleeren Pfad.

Aus dem Englischen von Martina Weber

TIMO BERGER

später Beginn

Whitman habe ich erst jetzt angefangen zu lesen
auf dem Arm einer jungen Frau

die vor mir saß in der Linie 1
zwischen ihren Beinen eine Dogge die sie kraulte

auf dem Oberarm
rankten sich Rosentattoos

um ein Gedicht in Schreibschrift
das von Veilchen sprach

ich hatte noch nichts von diesem großen Bärtigen gelesen
außer ein paar fragwürdigen Übertragungen von Freunden

besser ich halte mich an das Bild jenes Arms
voller Dornen und Verse die hervorstachen

aus der Dämmerung in die die Bahn auf hohen Schienen glitt
bei der Durchquerung eines Baustellengebiets

Aus dem Spanischen von Léonce W. Lupette

ANNE CARSON

Vaters alte blaue Strickjacke

Jetzt hängt sie auf der Lehne des Küchenstuhls
wo ich immer sitze, so wie sie damals
auf der Lehne des Küchenstuhls hing, wo er immer saß.

Ich ziehe sie an, sobald ich reinkomme
so wie er damals, wenn er
den Schnee von den Stiefeln klopfte.

Ich ziehe sie an und sitze im Dunkeln.
Das hätte er nie getan.
Vom Mondbein des Himmels schält Kälte herab.

Seine Gesetze waren ein Geheimnis.
Aber ich erinnere mich an den Moment, als ich verstand,
dass er im Innern seiner Gesetze verrückt wurde.

Er stand in der Biegung der Zufahrt, als ich ankam.
Hatte seine blaue Jacke an, von oben bis unten zugeknöpft.
Dabei war es ein heißer Julinachmittag aber vor allem

der Ausdruck auf seinem Gesicht –
wie ein kleines Kind, das von einer fernen Tante frühmorgens
für eine lange Reise

in kalten Zügen und auf zugigen Bahnsteigen angezogen,
äußerst aufrecht auf der Sitzkante hockt
während die langen Finger der

über die Heuhaufen streichenden Schatten es
nachhaltig erschrecken,
weil es gegen die Fahrtrichtung sitzt.

Aus dem Amerikanischen von Marie Luise Knott

SERGIO RAIMONDI

鋼琴

Der Philosoph spielte die sieben Saiten der Qin,
um sich in einen erhöhten Geisteszustand zu versetzen.
Er berührte sie eigentlich gar nicht: Der Klang
entstand durch das leichte Pumpen des Bluts
an den Spitzen seiner konzentrierten Finger:
Manchmal ist die unhörbare die wunderbarste
Musik. Doch dieses Notationssystem ging
verloren. Unmöglich war es, die genaue
Schwingung der gelben Glocke zu rekonstruieren
welche die Anbauzyklen regulierte, die Versorgung
mit Wasser und bis hin zu den öffentlichen Tugenden.
Wie gelangte das bürgerliche Instrument par excellence
ins Land? Nicht wegen dem Genie von Mozart
wegen des weisen Vorrückens des militärischen Systems.
Perfektes Möbelstück für ein großes Wohnzimmer
man muss es nicht spielen, um darin ein Zeichen
für die angestrebte Klasse und Modernität zu erkennen.
Das Gehör der feinen Nuancen entwöhnt
nahm man die Zukunft in der Kraft des Menuetts wahr
das sich nach vergessenen Bauerntänzen sehnte.
Doch die Kunst der Klänge ist eine Staatsangelegenheit
und die Revolutionäre sahen in seinem schwarzen Kasten
den passenden Sarg für das Klappern der Knochen
der nach Westen gierenden Reaktionäre.
Irgendeine zarte Hand, autsch, wurde gebrochen;
irgendeine andere streichelte die raue Schweinehaut
als wäre sie plötzlich so glatt wie Elfenbein
und ging in der dunklen Stille des Bauernhofs
buddhistisch die Goldberg Variationen durch:
eine weitere diente dafür, die stinkenden Toiletten
– der Künstler ist ein Mensch! des Konservatoriums zu putzen.

Einer sah Brennstoff in den Beinen aus Nussbaumholz
ein anderer die große Tafel für das Familientreffen
in dem glänzenden und mit Stock geöffnetem Deckel
obwohl es (auch das gehört gesagt) damals war
als man die nötigen Kenntnisse erwarb
um den eisernen Gussrahmen herzustellen
die tiefen und die hohen Drähte aus Stahl zu ziehen
und sie mit der Kraft mehrerer Tonnen zu spannen
so wie dies heute in den Fabriken geschieht
die im Perlflussdelta errichtet wurden und
jedes Jahr Tausende produzieren für die Kinder
die Stunden lang unerbittlich an seiner Stirn sitzen
und die man in großer Zahl in die Welt exportiert.

Aus dem argentinischen Spanisch von Timo Berger

AMELIA ROSSELLI

Die Leidenschaft verschlang mich

Die Leidenschaft verschlang mich rechtmäßig
die Leidenschaft spaltete mich heftig
die Leidenschaft führte mich weitsichtig
ich führte mich weitsichtig

in die essayistische Leidenschaft, Debütantin
im dunklen Wald einer lästigen
Pflicht, und die Leidenschaft, die brannte

während ich zu Tisch saß mit den Großen
leidenschaftslos oder im Versuch, sie zu vergessen

ich, brennend vor Leidenschaft
die Leidenschaft brennend erloschen

ich, brennend vor Schmerz beim
Anblick der erloschenen Leidenschaft.
Die schmachtende Leidenschaft löschen!
Die erloschene Leidenschaft vom

eigentlichen Schmachten ablösen
alles auslöschen, was ist

auslöschen alles, was sich reimt
auf Sein: mich auslöschen, die Leidenschaft

die Leidenschaft mit ihrem heftigen Brennen
das von selbst erlischt.

Die Leidenschaft des Selbst auslöschen!
den Vers auslöschen, der von selbst
reimt, auslöschen sogar mich

auslöschen alle Reime auf
»ch«: vielleicht siegte die Leidenschaft
die löschte den Reim auf »ch«.

Aus dem Italienischen von Theresia Prammer

DAPHNE MARLATT / BETSY WARLAND

und was ist mit

und was ist mit den gesprächen die wir führen die hervorbringen oder hervorheben (zwischen den zeilen) was geschrieben wird auf den seiten (was nicht da ist, die rückseite unter uns gesagtes wenn der walzer abebbt) – tappen wir ins dunkel? als seien die seiten ein erleuchteter raum von außen gelesen während wir hinter der bühne jede rolle doppelt besetzen, ich verkehre das du der buchseiten in das ungeschriebene du mit dem ich durch unsere straßen spaziere, nachts, vorbei an den beleuchteten erzählräumen ich sah das ›du‹ deiner buchseite sich in mir verkehren biographie oder mit unseren leben schreiben die notwendige spannung zwischen dem was gesagt und dem was geschrieben wird oder ausgelassen (draußen im dunkel mit anderen rein-leserinnen die wir auch sind mit von der partie sein im part den wir spielen im spiel, apart und nicht) ›du geht's ja völlig darin auf‹ aber was ist das eigentlich, dein du, deine stimme? wenn unsere köpfe durch semantische verschiebungen gleiten die uns nicht gehören wie auch die sprache nie

Aus dem Englischen von Bradley Schmidt und Anna Förster

PATRICIA NASH

MEDIUM

es ist als
wäre ich ein
seitwärtiger windmühl

flügel in der allee
gehe ein bügelbrett
tragend

(welcher ich bin)
meine turbine
mein torso

mein flügel
meine arme wie
ich die gekleidete hülle

fasse.
siehst du mich?
bewege mich

vorwärts seitwärts
und schnappe wie eine
krabbe.

Aus dem Amerikanischen übertragen von der Autorin

VALÉRIE ROUZEAU

Es geht wenn jemand fragt

Es geht wenn jemand fragt sag' ich ganz gut besonders
unter Leuten raff ich mich zu einem sehr gut auf.
  Mich sieht man nicht bei der Gemüsefrau auf die
Kartoffeln weinen.
  Und nicht am Schalter bei der Post ein Eilpaket
verzögern.
  Es geht sag ich und nicht Stummkopf geht um.
  Dein Tod reimt sich auf nichts in mir armselig Lied.
    Briefmarken hätt ich gerne und Kartoffeln ein
Heftchen bitte, ein Netz.
    Danke viele Leute.

Aus dem Französischen von Marie Luise Knott

6. KAPITEL

mein innerer chor

BETTINA WOHLFENDER

Ich würde den Wind,
der meinen Zweig schüttelte,
wiedererkennen.
Seine Stärke, seine Richtung,
seine Wärme und so fort.
Seine Weise
selbst durch aufgebundene Äste
dieses gleichförmige Geflüster
zu verbreiten.
Wir Blätter.
Wie wir dem Sommer trauen,
dieser Sonne,
die sich selbst verbrennt.
Ob Tag, ob Nacht.
Wie wir in diese Landschaft schaukeln.
Als würde es immer weitergehen.
Greller und grüner.
In dieser Geschwindigkeit.
Und die Tage immer länger,
die Schatten immer kürzer,
die Kanten ganz klar
zwischen Blatt und Himmel
oder Blatt und Land.
Ich würde den Wind,
der meinen Zweig schüttelte,
wiedererkennen.
Es ist der Wind,
der die Stimme spricht
oder die Stimme,
die den Wind spricht,
langsam und deutlich.
Die Pappel flüsterte *Komma Absatz*
ein Sterben *Absatz*
habe sich auf die Ulmen gelegt *Punkt*

KERSTIN PREIWUß

Mein innerer Chor ist in Aufruhr.
Verbellt die kommende Hälfte an Jahren.
Ich muss sie einläuten mit Geheul.
Ich muss auferstehen wenn ich schlafen will.
Ich muss mich wieder fangen.
Solche Bewegungen fließen als Teppich gegen die Eiszeit.
Man kann dann mit den Füßen trinken.
Man kann schwierige Zeiten überstehen.
Man kann das überleben.
Alles andere bleibt die Kunst der Tiere.

DANIELA SEEL

Die endlos von Klopfen umschlagene Ebene.
Walnuss, dann Wüstung, dann Flieder. Ich trage
die Kanne hinaus, dass sie sich füllt
mit Wasser, mit Steinen. Es ist Jördis,
die von der entsetzlichen Baumlosigkeit
unter den Bäumen spricht. In der Ebene
fasst sie mich an. Aber ich will weiter, eine Entscheidung
zu fällen wie einen Baum. Du erkennst sein Gewicht,
wenn er dich übers Wasser führt. Was Freiheit ist,
weiß ich nicht. Freiheit, sagt Jördis, ist die
entsetzliche Lust, sich an den Wind zu verlieren.

SASCHA KOKOT

und es gibt die Tage
da sehe ich dich
vor mir liegen
unter meinen Händen
in meinem Takt atmen
wach und doch ganz woanders
tief in dir hinter den Lidern kreisend
und nur deine Haut spricht noch
über den Nacken die Schultern die Wirbel
all deine hungrigen Tiere
ruft sie leise vor mir auf
und nie weiß ich genau
zähme ich sie oder
spielen sie nur und bin ich
nicht schon längst von ihnen
verschlungen

FEDERICO FEDERICI

Von menschenleeren Ecken her
kommt er, der dir folgend murmelt,
der seine Wörter wechselt,
wie der, der über etwas redet,
dessen Schein er wahrt.

In den Gedächtnislücken
rauscht ein Birkenwald,
wieder und wieder.
Dort versteckt er sich,
wenn er dich aufmerksam beobachtet.

Unterm Schutz des Schlafes,
stellt er sich auf,
er steht immer
vor deinen zugepressten Lidern,
ein Reiseführer durch Herbstwinde.

Offen spricht dein Seelentier

1.

Offen spricht dein Seelentier,
menschlich seine Augenzahl.
Mitten durch die Zellmembran,
küsst sich ein geheimer Wind,

trittst du in mein Leben ein.

Wer mir dein Geheimnis nennt,
wird mit Liebe ausradiert.
Sieben freie Jahre lang,
dumme kurze Tage lang

achtsam sein als Todesgott.

2.

Jemand hat dich Hund genannt,
willst du sein Zertreter sein?
Biete mich als Opfer an,
manchmal ist es kalt mit mir,

trügerisch wie Sommerschnee.

Grüße mir das Augenlicht!
Schaue mit dem Nachtgesicht.
Wilde Beeren in der Hand,
giftig für mein Hundeherz,

ungefährlich für den Schwarm.

3.
Lieber krank als ausgehöhlt,
schmeichelhaft wie Pollenflug
fällt ein Blütenblatt ins Gras,
steckt das Grün mit Abschied an.

Lagst du brav im Kinderbett?

Wach weil Schlaf für Dumme ist,
niemals ohne Hochzeitskleid
gütig über Holz geklopft,
weil ich dich nicht teilen kann.

Wasser, das bemuttert wird.

4.
Schichten tierischen Verfalls,
winterlicher Zitteraal,
Osten deiner Nixenhand,
kotverschmierter Muttergeist,

vaterträg beim Abendmahl.

Schmiege dich an Flüsse an,
reibe bis du Flecken siehst
weiter süßer Morgenmensch,
finde mich im Datenmüll

zwischen Wut und Spiegelschrift.

JAN WAGNER

reifen

dort, wo die stadt versickert,
beim bahndamm, jenseits der in ihrer pracht
erstarrten, riesigen zikade
des umspannwerkes, siehst du sie: gebraucht,
getürmt, ein ganzes feld, gezackt
oder gewellt die maserung in jedem bauch

und dunkler als sämtliche rembrandts
zusammen: gummiakropolis,
heiligtum des banalen – im herbst berennt es
der sturm, erduldet es die peitschen des graupels,
nun summt insektenstille, julitransparenz.
der löwenzahn mit seinen angorapullis,

schafgarbe am zaun und an den gräsern
die zecken, ganz auf ihre borrelio-
se konzentriert; hoch auf dem thron vergessen
die götter dunlop, goodyear, pirelli
fern von der glorreichen bremsspur, den abgasen,
fortschrittsschlacke. eine parallel-

welt, die dich machtvoll anzieht, in beschlag nimmt,
am maschendraht gepreßt dein kindsgesicht,
da es im innern flüstert oder summt:
»ich werde wachsen, kälter werden, dichter,
von tieferem schwarz, bis nichts mir mehr entkommt,
kein stern, kein staubkorn, nicht einmal das licht.«

ANNA REAL

Die Schwäne singen mit den Flügeln

Sich in die eigne Tasche träumend,
die Hand verschwitzt, beschützend
darauf gelegt, dass jeder denkt,
da steckt das Sacktuch drin
vom letzten Wichsversuch, der Depp.

So kommt's, dass er sich uns entzieht,
im Wechselschritt und nur auf weißen Gehwegplatten.
Als Einperson, als Unterart, der jederzeit
die Flügel aus der Manteltasche falten könnte.

Die Abendsonne scheint durch seine Ohren.

So macht er's, dass er sich entwindet,
in jede Richtung könnte er sich schwingen,
ist sich sein eignes Ziel. Ein unbeschriebnes Blatt,
das Rauschen einer Stille ist ihm präziser grad,
als was ein Andrer hat, und was der Eine will.
Ist ihm nach einem Satz, dann hebt er halt die Füße hoch
und landet punktgenau in seinem Leben.
Er hält dir einen Kiesel hin und nennt es Fülle, wie der,
satt von sich selbst, ihm vor die Füße rollte.

Die Abendsonne scheint durch seine Ohren.

Dort vorne ihn der Kirche probt ein Chor.
Sie üben dort, sagt er, das Hoffen.
Wenn ihn wer fragt, wie geht's, sagt er,
wer das Gewicht der Steine ehrt,
der wirft sie nicht.

TIM HOLLAND

aus der intervision der verräter

ich hab uns verraten. es krümelt. der glücksanzug taugt heut nicht. nicht geladen, was weiß ich. und keine externe körperfläche kurzzuschließen. transferlücke. glück ist weg und jedweder fluss. kein fuß ist vor den kopf zu setzen. krätze, nur unter der haut. pflegestufe blau. und es ist nicht mal klar, ob ich mir den kopf gestoßen hab oder einfach die synapsen welken. wie lang muss ich reiben, bis wärme entsteht? diese umarmung ist nicht als zustimmung gemeint. es krümelt. ich komm hier zu keinem wir. ich sage »ich« zum wir. ich ungenügender glücksanzuträger ohne glück. ich lücke in einer welt voll kitt. ich nicht-ich, ich lyrisches ich. schon spür ich die kümmerung. kaum reflektiert, schon kommt der bumerang, wird die defragmen-tierung ausgeführt. da ist der flaum, der spinnt und sport. ein faden, fäden, fädchen, chen, n, fang, ohne mir selbst ins netz zu gehen. insgesamt: die abwesenheit von netzen, nicht mal löcher gibts. aus dem off gereicht: der raumanzug. der hält das stoffliche zusammen.

ALEXANDER GUMZ

der geist der berge

bevor der geist der berge uns im genick packt,
herumschleudert, eine böse, zahnlose figur: lass uns a sagen,
wie in achtung, alabaster, anderssein. wie in lust, aber
verstauchtem knöchel. eine bahnfahrt, getrieben vom wissen
dritter kategorie. nicht mein wissen. mehr so metameta,
ein panoramabild aus annahmen. und keiner merkts.
alle wollen abfahren, wollen wolken, katzen,
eine schanze. wollen nachtessen bekommen vor der zeit.
ist das ein roman, ein netz, in dem mein pathos sich verfängt,
von masche zu masche? bevor wir uns gegenseitig
im genick packen: lass uns diesen geist
in die vierte ordnung schnipsen.

CLAUDIA GABLER

Es gab lange Pausen, in denen wir unsere Handflächen
aneinander pressten, ohne zu sprechen. Wir machten dies
in einer Form, die für andere aussah wie Sport oder

etwas anderes, das wie Sport aussah. Sinn und Unsinn
dieser Übung lagen dicht beieinander. Kein Mensch würde
durch diesen Spalt mehr passen, kein Tier ebenfalls.

Es sei denn, es handelt sich um Insekten. Vom Regen
durchweicht, vom Wind zu den Engeln getrieben, pressen
sie sich durch alles, was schmale Sinnfalten lässt.

Oder andere körperliche Anstrengungen: *Wenn er nicht
im Nest war, war der Vogel ein Mensch.* Die Menschen
spuckten durch die Bäume und pressten ihre Handflächen

aneinander, Kompilation galt als Schimpfwort. Sinn
und Unsinn dieser Übung lagen dicht beieinander, jeder von
uns hat vom anderen gekostet, es gab immer den einen

und den anderen oder den einen *oder* den anderen.
Beides zusammen war kein Schimpfwort. Unmöglich, dass
wir aufhörten in Gedanken zu denken, dass wir

aufhörten zu singen. Kontemplation galt als Schimpfwort,
wir redeten, bis wir nicht mehr redeten. Plötzlich war es
ganz still. Und dann war auch der Gesang zu Ende.

(nach Maurice Blanchard)

SÜNJE LEWEJOHANN

wütender affe

ich habe einen unfall überlebt.
dabei weiß ich nicht mal, ob man es unfall nennen darf;
es ist mir passiert, immerhin bei vollem bewusstsein,
aber irgendwie bin ich auch da hinein geschlittert und
die welt um mich herum hat sich einfach irgendwie dematerialisiert.
es ist lustig, weil ich zum beispiel meinen körper noch
sehen kann aber ich bin mir nicht sicher,
ob er wirklich noch zu mir gehört. und ob alles da ist, wo es
hingehört. mein herz zum beispiel fühlt sich an,
als würde dort ein winziger affe wohnen,
der darin wütet und tobt. ich sehe und höre dinge,
die nicht existieren. und meine hände sind kalt,
wenn sie meine lippen berühren
aber das geschieht nur noch selten.
es gibt jetzt ein gesetz, das verbietet,
dass ich berührt werde.

ADRIAN KASNITZ

Traum von Istanbul

Träumte ich, dir aus Istanbul zu schreiben?
Dir eine Postkarte zu schreiben, in der ich
davon schrieb, wie ich versuchte, Gedichte
zu schreiben und in den Gedichten Konstantinopel
suchte, deinetwegen? Oder meinetwegen Byzanz.
Jeder hat eigene Interessen in einem Traum.
Ich will schreiben und du willst, dass ich bei dir bin.
Ich will Raki trinken und du willst die Griechen
finden, die sich irgendwo verstecken. Ich will
ganz bis zu den Byzantinern, den Römern
hinabsteigen. Du willst jetzt schwarzen Tee und
einen Simit, einen Sesamkringel, weil dein
Großvater Sesamkringelverkäufer war, natürlich
ein griechischer, der Koulouri sagte und
Koulouri anpries. Jeder hat eine eigene
Sprache in einem Traum. Jeder hat eigene
Interessen in einem Traum. Ich will jetzt küssen
und du willst jetzt nicht. Ich will ins Meer springen
und du willst die Möwen füttern. Ich will hoch hinaus
über den Bosporus fliegen, dir reicht das Boot.
Jeder hat ein eigenes Fortbewegungsmittel in einem
Traum. Jeder hat einen eigenen Traum in einem Traum.

7. KAPITEL

war ein gemeral

MARTIN DAKOVIC

Ich war ein Gemeral

Ich war für mich selbst wo Wasser sich trennt von jeglicher See
und keuchend die Mättchen schnorchen, Schein, Schore, Jeff
und schien mir selbes für Gedanken dass alles wenn es endet
kein scharrmängter Biegel die Wolken herbeischeucht

Im Namen des Bällders hoch Land niederwerfen in Mutt und Kauch
jeder kleinen weiten Lampe ihren lebendigen Funcken rauben
und je lünger es dauert desto schneller taumeln sie dazu
und der Durst den er bewirkte leit uns suchen, lot uns sehen

FRIEDRICH ANI

Ballade von einer Geflüchteten

Sie lag in einem fremden Land
an einem fremden Ort,
in einem fremden Haus.
Sie lag in einem fremden Bett,
sie kurierte eine Krankheit aus
in einem eisernen Korsett.
Verseucht von Krieg und Mord,
loderte in ihr der Brand.

Sie lag in einem fremden Land,
in einer Nacht aus Glut,
sie schrie, und niemand kam.
Sie wand sich wund in ihrem Schmerz.
»Hörst du, Herrgott, wie ich fleh aus Scham:
Mein Herz verwandle du in Erz,
und ich, verrückt vor Wut,
wäre endlich leergebrannt.«

Sie lag in einem fremden Land.
Ein Fremder war der Vater
des Kindes an der Brust.
Er war verschwunden, wie das Leben
vorher, ihre Mutter hat's gewusst:
»Du hast dich falscher Lust ergeben,
die Zukunft ist ein Krater
ohne Licht und ohne Rand.«

Sie sitzt in einem fremden Land
auf einer grünen Bank
an einem hellen Tag.
Die Zeit ist neu und sie die Frau
eines Dorfgendarms vom alten Schlag.
Am Abend schlägt sie oft Radau,
betrunken, wirr und krank.
»Mörder!«, schreit sie. »An die Wand!«

Sie hat sich selbst nicht mehr erkannt.
Ihr Mann, der Polizist,
vertrieb sie aus dem Haus.
Ihr Sohn war längst schon weggerannt
und probierte seine Freiheit aus.
Sie starb in einem fremden Land,
verbannt und unvermisst,
ohne Licht und leergebrannt.

MIRKO BONNÉ

Sommertag in Hundsmühlen

für Stephan Bonné

Schreiend liefen wir zum Fluss hinunter.
In meiner Erinnerung stößt der Rasen ans Ufer,
und da war ein Steg. Wir rannten
durch den Garten
auf die Planken und sprangen
aus der Sommerhitze in das kalte Wasser.
Es war braun. War stark und schnell.
Die Hunte griff uns um die Beine.
Ich weiß noch, meine Arme,
das Rudern, um am Steg zu bleiben.
Und er zog an mir, der Fluss drückte mich
weg, in das späte Sommerlicht hinein. Aber
schreiend lief ich wieder hinunter zur Hunte.
Und neben mir schneller rannte mein Bruder.
Da war das Gras. Und ich spüre es noch.
Der Fluss der Freund den Nachmittag.
Die Magnolien da. Ein Duft nach Majoran.
Immer wieder schwamm ich zu dem Steg zurück.
Und unsere Großmutter kam und saß mit uns im Gras.

KERSTIN BECKER

Fütterung

ich hab gegen Ende
des letzten Jahrhunderts an einem Wintermorgen
im dritten Stock eines Blocks eine Frau um die Fünfzig gesehn,
in einem glühlichtgefluteten Raum, zwischen Bäcker und Fleischer,
sie stand müde vom Bett auf, ich hielt inne und spannte, sie musste
ich wette
zur Arbeit die körperlich war, zog ihr Nachthemd über den Kopf, die
Achselhaare schwarz und dicht und ihre schweren Brüste stillten,
als sie mit hängenden Armen noch einen Moment nackt am Fenster
mit dem Gesicht zur Straße stand,
das gesamte hungrige Dunkel ringsum.

STÉPHANIE DIVARET

Wir kamen so herum,
verhungert satt, und ohne Plan.
Die Störche fanden ihren Platz nicht mehr,
sie stolperten über die Türme
und riefen ihre Brut.
Ein Meer aus Klagen lag
über dem Abgrund aus Asphalt.
Die Hauptallee versank
in hell leuchtenden Schlieren, rot und weiß.
Phantastische Fossilien wurden wach.
Karosserien schwebten fort
in diesem lautlosen Gezeitenstrom,
der Wälder flutete,
die armen Käuze hin und her warf,
Rehe auch, die Spechte, Hasen und den Laich.

Chronisten gab es bald zuhauf,
doch waren sie zu leis,
kamen nicht an gegen das Sirren in der Gischt.
Die Störche schließlich landeten
in einem weichen Nichts,
wo ihre Brut schon trudelte,
so schwerelos.
Und wir kamen herum,
verhungert satt, und ohne Plan.

CLAUDIA GABLER

Unsere Orientierung war gut, als wir in die Wälder
gingen mit dem Wissen von Rangern. Als Azubis
waren wir viele Jahrhunderte unter der Sonne

gestanden und hatten Windrichtungen kontrolliert.
Jetzt aber zogen wir Mücken von ihren Posten und
suchten mit schweren Köpfen in den Gebirgsbächen

nach Gold. Wo also sollte das Wünschen beginnen?
Wann würden wir uns endlich einmal trauen, Glück
zu sagen? Und Glück zu meinen? Wir träumten von

Lungenzetteln und Baumharz, von Buchsbeuteln und
Schneefliegen. Und von Windbeuteln träumten wir,
wenn wir mit Sektgläsern auf dem Moosboden lagen.

Wir ergossen uns in militärisches Schwitzen und
bezeugten so unsere Lässigkeit, die jedem Rausch
wohl voranging. In der Exploration nun liegen weitere

Anfälle, die sofortige Inhalation von Sauerstoff kann
dann Linderung schaffen. Auch in der Kontemplation
läge Kraft, man müsse nur schauen, mit welcher Wucht

die Sonne die Gletscher bricht. Sagen Touristikzentren.
Und sagen noch mehr von den Krankheiten der Welt,
die die Ranger jetzt heilen sollen mit ihren Fichten.

RAOUL EISELE

erzähl mir vom Fliegen

du tippst *die Schönheit von oben*
und zeigst mir polare Wolkennatur
Eismeere und den aufgestauten Schnee
und ganz am Rand weht uns Salz um die Augen
welches wir aus unseren Wimpern kratzen
nur so für die Erinnerung
und es hagelt
auf den Küchentisch
hagelt in die aufgeraute Wildnis
und staut sich als Salzwasserreservoir.
wenn wir manchmal daran zurückdenken
und unsere Finger darin kreisen lassen
wissen wir nicht mehr genau
ob wir nördlich oder südlich des Äquators gestrandet waren
ob wir wirklich mal geflogen sind
oder alles nur eine Erzählung weit entfernt lag
und zu uns herüberschwappte
so ganz aus Versehen.

MICHAEL HÜTTENBERGER

mens sana

ich kann doch nicht
über etwas schreiben
was nie gewesen ist

dabei erinnere ich mich
an alles ganz genau
so genau dass ich es nicht
noch mal erzählen müsste

jede Einzelheit zwischen
Kreuzigung und Geburt
jenen heißen Sommer
am Neckar als wäre es

ein Ausflug mit mir selbst
ein Übersetzen von Ufer
zu Ufer gleichzeitig
mit und gegen den Strom

alle sieben Jahre ist
keine Zelle mehr die alte
und was gewesen ist
meines Geistes Kind

FRIEDERIKE MAYRÖCKER

"1 x des nachts, in jeder Ecke ein zärtliches Tier oder Strophe,
Philosophie mit Ziege, etc., display der Sonne macht uns blind,
sie trug ein weiszes Jäckchen aber es war ein Gewitter, im Früh-
ling musz man immer oder musz man meist weinen : Mama stand meist
am offenen Fenster und weinte, sie blickte AUS DEM OFF : aus dem
offenen Fenster und weinte (sehr still!) usw., sie reiste, weinend,
zur grch.Insel Hydra, ganzwas Schickes, sagte sie,

wir standen im Lift nach unten!, und ich sagte
mauve zu dir, du wiederholtest die Farbe= mauve,
wir saszen am offenen Fenster, betrachteten die
Abendwolken und sagten gleichzeitig MAUVE, Mama
hatte Hitzeallergie, wir gehen in die Alpen, v.
Triest, einmal spazierten wir durch einen Wald,
jemand hüpfte über die kl.Wurzeln aber ich kannte
ihn nicht vielleicht Verwandter v.Matisse dessen
Tapeten,

sende auch du mir, leuchtende Sätze nach welchen ich malen kann, oder
zierliche Bergblumen, indes mein Auge ist zugenäht, noch einmal wandten
wir den Blick zurück : da waren die Berge schon verhüllt nämlich der
schöne Abend nicht wahr, ich plakatierte das Wort TABU in meiner
Werkstatt, was mich an den 1.Film den ich als Kind sehen durfte und
erinnerte welcher TABU hiesz ?.... die letzte Filmsequenz zeigte einen ertrin-
kenden Schwimmer, dessen Arme nach Hilfe ringend,

auf seiner hohen Stirn standen die Worte : habe
wölfisch Herzensglut, habe mit die Zunge, 'raus-
gerissen! liegt auf Parkettchen,

31.7.2o19, Ornitologie, oder
wie durstig wir sind!"

vom AKH wehte,
die schwarze Fahne,

MARIO OSTERLAND

SELBST SÜDLICH VON SIWA zwischen den Dünen hörte ich im Wind der flach über den Sand wehte sich in diese Gegend einschrieb die vertrauten Gesänge die mich erinnern wollten daran woher ich meinen weiten Weg gekommen war als ob ich je vergessen könnte dass ich kurz davor war buchstäblich zu ertrinken in fossilem Wasser – wie es genau hier als nubischer Aquifer unter der Wüste liegt – in dem ich viel zu lang und viel zu tief nach altbewährten Mustern tauchte Wegweiser suchte die ich halb verrostet fand jetzt saß ich wirklich südlich von Siwa am Grund der verschwundenen Paläoseen und glaubte für den Bruchteil einer Stunde an Schicksal Fügung Vorbestimmung als Orientversion einer Rückenfigur zu enden als Wanderer über dem Dünenmeer der auch hier angesichts dieser Weite nurmehr romantisch glotzen doch nicht beschreiben noch verstehen kann

KARLA REIMERT

Die Finanzkrise entlässt ihre Kinder

Dein Vater verschwand in einer Immobilienblase.
Wir träumten im Hobbykeller von Fäusten,
die wir in seine Fresse hauen wollten.
Nun aber war er weg, mitsamt seinem Gesicht.

Unser Widerstand brach an seinem Erbe
sich das letzte Mal die Knöchel.
Wenig später gab es Algorithmen und Auswahl.
Selbst am *Ich* konnte man x-fach scheitern.

Du ludest erstaunlich gute youtube-Videos hoch,
die wir von Fake-Einkäufen drehten.
Dokumentationen entrückten Kaufrauschs.
Wir erfanden Halls und Unboxings des Nichts.

Phantastische Renditeversprechen für Utopisten,
die sich als Out-Outdoor-Influencer verstehen.
Suchmaschinen gelang bereits die Identifikation
unserer Silhouetten vor einem weißen Regal.

Mit Abstand betrachtet aber war jeder Moment
eine Art Entpflichtung oder späte Inauguration.
Die Kellertreppe führte steil nach oben.
Wir wollten uns aber lieber dabei belassen.

CHRISTOPH WENZEL

dieser ort war von beginn an NAH AM WASSER gebaut,
parallel zum fluss hob man einen tränenkanal aus,
der das bett, den frühstückstisch, das elternhaus
mit der schule verband. so wirst du wach auf dem rad,
fährst obenrum über den damm, hast in wirklich jede richtung
gegenwind, während du weinst. die altarme und schweren beine
in den mageren wiesen, artenreichen weiden: jetzt bist du nist-
und brutplatz, schwemmland, eine jahrhundertkatastrophe,
wenn du so heftig über die flussufer trittst, die auen, die augen,
das röhricht im hauche. ach, dies heulen, das ist der wind, ach
kind, hör auf, das ist doch töricht in deinem alter, es sind doch
auch nur elf minuten, wenn du dich beeilst.

CARL-CHRISTIAN ELZE

keine ahnung der westen ein ufo gelandet
über nacht im braunkohlenstaub oder wir
gelandet im westen im kurfürstenstaub
bahnhof zoo meine füße zum ersten mal westen
weststraßen westhäuser westautos satt
die schöneren menschen die klügeren
menschen wir außerirdische mit fiesen frisuren
diese scham so schnell diese scham
im kurfürstenstaub die bauern im anzug
bananenfresser in himmelblauen trabanten
mein zitternder schädel meine zitternde hand
in der hand meines vaters zu viel westen
auf einmal zu viel westluft auf einmal
zu viele sonnen eine galaxie voller
intershops eine milchstraße am helllichten
tag und nirgendwo dreck überall tarn-
kappen für dreck nur ein schritt aus
der s-bahn heraus in einen farbfernseher
rein diese freundlichen blicke unter den
teuren frisuren diese hilfsgüterblicke
und gleich diese scham schon beim
ersten besuch diese neugierige hilflose
sklavenhafte scham wie ein schriftzug HO
in die stirnen geritzt in die stimmritzen
geritzt erst viel später tausend lichtjahre
später ein anflug von stolz nach bestandener
prüfung nach bestandenem wahn
ein verrostetes raumschiff aus dem
wir stiegen nach den großen havarien
ein verloschenes raumschiff zerbröselt im westen
nur noch ein abdruck im gras

im grüneren gras ein stück dreck
das wir lieben ein zucken im brustkorb
ein phantomglück blutroter fahnen.

RUTH JOHANNA BENRATH

ROSE HAUS HUND, datiert

Zum 125. Geburtstag von Gertrud Kolmar

1
du kannst
kannst nicht mehr im Garten den Hund
die Rosen

~~du du kannst nicht mehr~~
~~den Hund den Garten die Rosen den Wald kannst~~
~~du nicht mehr~~

weil

am 2.3.43
ein säuberlicher deutscher Bleistift,
exakt, ein sauberer, ein
Deutscher einen säuberlichen
exakten Haken
hinter deinen Namen
gesetzt
hat

der jetzt

auf Kriegspapier
auf meinem Bildschirm
erscheint

WILHELM BARTSCH

Einmal im Jahr holt mich ab in die Stille
die Weiße Frau, der Nebel, damit ich in ihr
zeitlos vergehe: Lehne dich an mich, ich bin
das Steilufer, beug dich herab, hör mir zu.

Was wurzelt da in den drei Elementen: Zungen
aus märkischem Glasbruch, schluckzende Trinker,
in Nischen versteckt, der stolpernde Herzschlag,
das eisige Schlurren der Untotenschar.

Nachts in den Mörderbergen zwischen dem Grimnitz
und dem Schwertstich der Eiszeit, dem WERBELLIN,
trägt Gummihandschuhe die Schar und greift
nach den wandernden Wünschen, den Aalen.

Manchmal im Traum setzt mir Schomburgk,
der Afrikaforscher, den Hut auf, dann bin ich
der Affe über dem Schild »Café Liesegang«,
der seinen Hut zieht, wenn Willy Fritsch kommt.

Generalfurchtmeister Göring befahl es:
Soll er, der Affe, die Bierneigen kriegen!
Ein Zeltlatz fliegt auf unterm Sternegeklingel:
Herein mit den Mürzen und vollen Bierkästen!

Mein Springpunkt und Süßer Winkel des Lebens,
mein alter Hof, gibt es den Tod oder dauert das Nebeln,
der plötzliche Zugriff, das Schmatzen und Glucksen
unter dem untoten Rock aus Wasser, Luft, Erde.

LARS-ARVID BRISCHKE

»Wer in der Nachbarschaft sehe, dass seltsam aussehende Menschen eingezogen sind, die sich nie blicken lassen oder die nur Arabisch oder eine unverständliche Fremdsprache sprechen, sollte die Behörden unterrichten«, sagte der Berliner Innensenator Körting. Das gleiche gelte für stehengelassene Koffer oder Aktentaschen.

nie blicken lassen

wer in der nachbarschaft seltsam
aussehende menschen die nur barbarabisch
oder wer sieht dass in unmittelbarer nähe
seltsam aussehende koffer die sich
entweder nie oder die nur barbarabisch
oder unverständlich fremdsprachen sprechen
denn wer sonst sollte in der nachbarschaft
entweder die behörden unterrichten
seltsam stehengelassene menschen die
in aktentaschen eingezogen sind aber
die sich nie stehen lassen sollten
die behörden unterrichten das gleiche
das gleiche gilt für die nachbarschaft oder
seltsam eingezogene blicke die nur barbarabisch
oder fremde koffer unverständliche die
nie blicken aber äußerst seltsam wie aussehende
menschen in behörden unterrichten die sich
entweder nie blicken lassen sollten oder
in der nachbarschaft & zwar am besten gleich
also sobald wie möglich akten lassen
das gleiche gilt für stehengelassene
blicke oder aktentaschen oder aber
seltsam unterrichtete menschen, stehengelassene
behörden sollten sehen, ob
aktenkoffer oder akteneinblicke oder

aber über barbarabisch unterrichtete
sehende menschen in der nachbarschaft &
das gleiche gilt für aussehende
das gleiche gilt für akte
das gleiche gilt für koffer
das gleiche gilt für barbara
das gleiche gilt für behörden
das gleiche gilt für nachbarn
das gleiche gilt für menschen
seltsam aussehende, die sich am besten
nie blicken lassen

DIRK VON PETERSDORFF

Fruchtgummi

Wir nach der Schule auf dem Weg zum Bus
und angeln aus der Tüte Gummitiere:
Die Fledermäuse geben Zungenkuss,
die saure Gurke, die ich neu probiere.
Wie das im Gaumen zieht, die Zunge schwirrt,
die Teufel und die Schnuller kleben Zähne –
wir stehen, kauen, schmecken ganz verwirrt
und haben nur die Frühlingsluft als Lehne.
Da ist der Wind in Haaren als Gekräusel,
ein Pinsel, der durch nasse Tusche wischt,
an süßen Schlangen kleben saure Streusel,
das rote und das schwarze Zeug gemischt,
dass einer an der Kreuzung träumend warte,
und unterm Sweatshirt hängt die Monatskarte.

8. KAPITEL

eine bändige bude

ULJANA WOLF

MUTTERTASK, TIEFSEE, EINE ART TAND

was räumst du, treibende, anglerin oder anglin
seidiger dinge, gossamer wings, die unsichtbar

wie wachstum sind (wie auch verlustkunst von
zähnen und wundung durch dehnen), was sehn

deine hände, was seihst du eigentlich vor dir her,
eide, fossile dinge: buntloks zu schienen, bücher

zu bussigen bienen, und nachts der fiese schmu
schuhgeschmuggelten sands – dear sand, was

du bist das wüsst ich gern. – und reibst du noch,
träumende, oder reimst du schon lücken im raum

um knetkorall, traktorsaum, solche schätze (sind
mutterhände tiefseenetze) dein getwinkelter tand

ESTHER ACKERMANN

Ich bin das Gedicht

Aus stämmigen Hochzehnzeilen
Als Wurzel gezogen
Ein Auge zum Stempel gedrückt
In einer Hand die Flinte
In der anderen das Kind
Treibe ich aus

Dem Boden den Frohboten
Dem Setzling den Satz
Dem Phlox den Fluch
Dem Weinen das Nein
Dem Lächeln das Lachen das Strahlen
Zum Zahlen der Schulden

Die Gläubiger verdorren zu Gläubigen
Von Brieftarif und Beetgebet
Pikieren Keimlinge mit dem
Brieföffner in tiefere Töpfe

Ich bin das Gedicht
Aus fehlendem Präservativ
Ton und Niederschlag Brei und Brust
Werfe weit das Kind ins Korn

Liste des vom Lektor Gestrichenen

Nirgendwann.
Traumverlorenes.
Die graue Brache des Himmels.
Wie ein leeres Geheimfach gähnen.
Der Innenverteidiger meiner Lächerlichkeit.
Eines Geldbeutels Bizepsausbuchtung.
Regen, das Tagwerk des Pflastermalers begutachtend.
Aus dem Truhendunkel atmet die vergessene Zeit.
Ein kalter Silvesterabend, auf der Jahrestagung der Sekunden.
Mit sieben Augen fixierte uns ein schwarzer Würfel.
Der verwesende Liebesbriefpacken, sein Mäuseparfüm.
Fußstapfen, ohne Abdruckgenehmigung des Schnees.
Im Tautropfen des Idylls ertrinkende Blattlaus.
Auf dem Meeresgrund der Zimmerdecke.
Der Fadenschein des Stahlseils.
Lulatsch unter Winzlingen.
Der Immerleinstag.
Daseinsfrömmig.
Die Pflichtkür.

The tongue is a needle. And I am True North. Telling lies.
in der Heimat tollten Rettungshunde als Alge. o, ein Ei!
hatte es unterm Hut getragen. Lea in den Lilien o. Lidos
liegende, rinnende Gottesstatue, holla, reiht an! Im Ul-
tragruen d. Auen tosten Satelliten, Goldhelme, hiinei-
n IN DIE NATUR! Die Tiere heulten Moos, lallten: eggs! hat
uns hier eine angelogen? Lea, du trottest dahin mit ell-
enlangen, teuren Automaten, heilst Heide, grillst Dio-
den, und hinterher? ausgeatmete Gili-Inselatolle, Not.
du, mandelaeugige Lea, nennst es Nitrithoelle. tot, ihr
Norden, heiter tot! huell die Gaumensegel in Atlantis.
The tongue is a needle. And I am True North. Telling lies.

FRIEDERIKE MAYRÖCKER

<u>dies ist ein proem</u> : es wäre heute loo geworden ich
fragte es "warst du als Richter streng?"
"ich war als junger Richter streng als alter
Richter fromm : <u>lammfromm wenn du ins Wasser
gehst lammfromm</u>"...........

mit Stöckelschuh' wenn du ins Wasser gehst lammfromm mit
Stöckelschuh' wenn du ins Wasser gehst,
ich bin ein Findelkind : zieh' Leiterwagen.

12.7.2o19

IRENA HABALIK

Was weiß das Gedicht?

Kennt es seinen Klang, die Farbe, das Gewicht?
Spürt es den Raum, der einsamer wird? Sieht es ein Hand-
gelenk, eine Tastatur, die Worte, die drängen aufs Papier?
Ruft es deinen Namen nachts? Bläst es dir
das Irrlicht in die Stirn?

Du steckst den Kopf in seinen Sand, zählst den Rest
hebst das Glas mit seinen Initialen, du erhebst dich
bist riesengroß, während es schrumpft und umgekehrt
du horchst an seiner Tür, suchst Zuflucht in der Schrift
du ahnst was innen quillt nach außen will

Es ergötzt sich an deinem Geschlecht, es ist dein Sprung
ins Vogelgezwitscher und
es liebt dich wie ein Lieblingsgericht, es spuckt dich aus
mit Haut und Haar, kehrt um, du bleibst zurück
wo du nicht bist, es ist was es ist (E. Fried).

MYRON HURNA

Eure Gedichte cotten mich ann

Ihr schreibt für eine Welt, die
den Lorbeer entbehrt
und fragt, was Dichter können …

Sich vermählen, sich verschmähen.

Den Geruch von Keratin
als Duft des Haars ausgeben.

Ihr Ego/Eintel berechnen
und den Kehrwert von Anna Blume
bilden.

Ampel!, Lampe!, Palme! rufen,
mögliche aus günstigen Ereignissen
vorhersagen.

KLARTEXT SCHWEIGEN

Sich nähern, sich vernähen.
Sich verlyren, sich verleiern.
Sich einverleiben, wenn sich
zwei verlieben.

ARMIN STEIGENBERGER

GEDICHTE SIND DESIDERATE, glaubensbehaarte sprungbretter
ins fantasma: unendlich wahrheitswillige fürs & widers.

live im channel: kirr-coole sausen, tangled wildhood, talg
drüsenzarte ausquetschungen. gesichtscreme aus worten,

wolken: honigduftender heißer schweiß, abtropfender
sprech, what the heck! im fläumchen nichts neues

regt sich im verhau, abgecheckte hall of fame im wäldchen.
nur für kurze zeit zentrum der welt, ausgecheckt in & aus

liebe. speichel und sekrete nirgendwo aufgehetzt & ausgelechzt
alle definiten wanns & denns von opa und omen. one two,

one two,

ARMIN STEIGENBERGER

GEDICHTE SIND HALBE HÄHNE, hörige hausaufgabenmacher. halb
und halb: halbiertes glück verdoppelt sich, verdoppeltes leid wird

halber widerstand. glück ist das einzige, was sich halbiert, wenn man
ihm widersteht. ach was, glück! vor adern blau unterlaufene unterarme
mit kräuseligen, violetten gewächsen, blutergüsse von all den rempeleien.

MIRKO WENIG

Anachrom 2020

Hätte ich ein Smartphone, Baby, dann könnte ich
die Gedichte gleich reintippen, aber:
Ich schreib mit einem Federkiel!
Ein Federkiel, der noch 30 Liter schluckt,
ein Acht-Zylinder-Federkiel mit Umlaufkühlung,
der Motor sprotzt und stottert: Tuktuktuk!,
so wie mein Herz sprotzt und stottert: Tuktuktuk!

Ich bin ein Oldtimer, Baby, ein Kleinschlepper,
ich mache mir mit jedem Vers die Hände schmutzig.
Öl klebt an den Fingern, Blut und Erde –
nach 1000 Zeilen muss ich zur Reparatur!
Und grab ich mich durch Verse, wie der Acker so holprig,
dann bleib ich manchmal stecken, tief im Schlamm.
Doch mein Motor sprotzt und stottert: Tuktuktuk!,
so wie mein Herz sprotzt und stottert: TukTukTuk!

Hätte ich ein Smartphone, Baby, dann könnte ich
dir einen smarten Vers reintippen, aber:
Mein Herz ist ein Bauernschlepper, ein alter Mähdrescher,
und Gedichte sind Abgase, sie färben den Himmel schwarz,
Gedichte sind Schmierstoff und Hubraum,
Gedichte sind Schlieren an den Händen, tiefe Schlieren,
Gedichte sind Väter, die sich zu Tode saufen,
Gedichte sind Frauen, die sich in Einsamkeit erhängen,
Gedichte sind Fabrikhallen, die leer stehen und verfallen,
Gedichte sind Felder vor dem Haus, die dich nicht nähren,
Gedichte sind Steine, nach einem alten Hund geworfen,
Gedichte sind Leergut, das sich im Flur stapelt,

Gedichte sind Thermoflaschen, gefüllt mit kaltem Kaffee,
Gedichte sind ein hartes Brot, in Milch getunkt –
und dein Herz sprotzt und stottert
und dein Motor …

UNDINE MATERNI

Die Bäckerin

Es ist wie
Menschen machen
flüstert sie manchmal morgens
in der vierten Stunde
wenn der Tag ein oder aus oder die
Nacht abbricht
und sie ihre Hände im Teig versenkt
ihn knetet schlägt oder
zärtlich zwischen den Fingern
hindurch quellen lässt
Dann formt sie Laibe
dunkle und helle
flüstert Beschwörungen sagt
Hefesalzzuckerundmehl sagt
meine Kinder sagt meine
Freunde sagt du mein Liebes
ehe sie ihnen mit dem Messer
jenen kleinen Schmerz
zufügt der sie
nach dem Backen
unverwechselbar macht
Jeden Tag ist es
lieben murmelt sie
Schlägt das Mehl von
den Händen und die eiserne
Ofentür zu
Jeden Tag ein
Kommen und Gehen
ein Her und ein Hin ein

Hefesalzzuckerundmehl
Und inmitten: eine kleine rundliche
Göttin die als einzigen Schmuck
Schweißperlen trägt
auf der Stirn

HANNES BAJOHR

ZWIELICHTSCHLAGER

Der Trabant ist aufgebrochen
Die flotten Gestirnlein strunzen
Im Entzücken ehrenhaft und gemeinverständlich;
Die Schonung ankert meliert und kuscht,
Und aus der Matte kraxelt
Der blonde Smog delikat.

Wie ist der Makrokosmos so lau,
Und in der Frühstunde Oberfläche
So familiär und so wohlwollend!
Als eine bändige Bude,
Wo ihr des Datums Not
Verfehlen und verjähren müsst.

Nehmt ihr den Trabant wahr da ankern?
Er ist nahezu teilweise wahrzunehmen,
Und ist indessen annähernd und gewiss!
So sind möglicherweise etliche Bagagen,
Die wir optimistisch bekichern,
Zumal unsre Sehvermögen sie nicht wahrnehmen.

Wir arrogante Personenknirpse
Sind aufgeblasen schieche Lückenbüßer,
Und widerfahren gar nicht reichlich;
Wir anfertigen Sturmtextilien,
Und sondieren volkreiche Meisterschaften,
Und marschieren weiter von dem Endergebnis.

Allvater, ermögliche uns dein Wohl wahrnehmen,
Auf nichts Temporäres einsegnen,
Nicht Chauvinismus uns berauschen!
Ermögliche uns dumm werden,
Und vor dir hier auf Naturen
Wie Leibeserben religiös und charmant sein!

Mögest unpünktlich ohne Verdüsterung
Aus diesem Makrokosmus uns einheimsen
Mithilfe eines faltenlosen Hingangs!
Und, ehe du uns eingeheimst,
Laß uns in Entzücken anmarschieren,
Du unser König und unser Allvater!

So genießt euch bekanntermaßen, ihr Intimi,
In Allvaters Scheltnamen abwärts;
Frosthart ist der Zwielichtanflug.
Amnestiere uns, Allvater! mit Peitschen,
Und erlaube uns stoisch nicken!
Und unsern baufälligen Anrainer ebenso!

[Das bekannteste deutsche Gedicht, mit der Microsoft-Word-Synonymsuche Wort für Wort umformuliert; Komposita wurden gelegentlich getrennt verarbeitet.]

HERBERT RULAND

Entstehung des Gedichts

Halb machen und halb werden lassen
ein Teil im Dunkeln und ein Teil im Licht
und das Ganze nicht zu früh anfassen
weil dem Falter sonst der Flügel bricht

Das Gedicht wächst, wenn es lange währt
Zerfallsprodukt von deiner Halbwertzeit
aus einem Saft, der langsam gärt
und der kein frühes Licht verzeiht

und wen es je berührt hat, weiß
nur in der Mitte, nie nur neben
an. Das Gedicht hat einen hohen Preis
Du musst dein ganzes Leben geben.

9. KAPITEL

beim zählen von unhandlichkeiten

wieder liegt ein verlorener handschuh niedergestreckt am straßenrand, diesmal schwarz, aus mohair oder kaschmirwolle, das zu unterscheiden fehlt uns die expertise. wie oft schon sahen wir einen handschuh liegen wie ihn, lederhandschuh wollhandschuh gummihandschuh textilen arbeitshandschuh spitzengesäumten grünsamtenen ellbogenhandschuh, alle mit geknicktem rückgrat, würdelos haltlos heillos vereinzelt lagen sie da, entstellt gestaltlos niedergedrückt, mehrfach überfahren wie krötenmänner, deren wanderung zu den schönsten warzigen damen hier ein jähes ende fand. nichts ist entseelter als so ein HANDSCHUH OHNE HAND, jeder fußlose schuh erscheint vital im vergleich, marschbereit nach vorübergehender rast oder wartend wie ein autostopper, ungebrochen die illusion einer ankunft aus eigner oder fremder kraft. fotos zu tode gekommener handschuhe jetzt, schwarzweiße konterfeis in allen stadien des niedergangs: fünfundvierzig großformatige unhandlichkeiten als serie galerie, die zimmerfluchten freilich nur in gästeschuhen zu betreten, findlingsschuhen aus der gosse, die im foyer für uns bereitstehn, neunzig schuhe aller größen, mehr linke vielleicht als rechte, wir begreifen ihr gnädiges schicksal und freuen uns mit ihnen, die im vorübergehn vorübergehend funktional vereint sich zeigen zu ähnlichen paaren,

URS ALLEMANN

Schwänze in die Tonne! Ein reißerisches Carruthers-Gedicht / aus dem u U eine Feminaversion seines Verfassers spricht

Ich hatte den alten Carruthers mit dem Spaten niedergeschlagen.
Ich riss ihm den Schwanz ab, riss mir meinen ab,
warf sie alle beide in die Tonne.
Das ist ein Gedicht.
Ich behaupte, dass das ein Gedicht ist.

Es wird eins. Es ist noch nicht fertig. In Strophe 2
wurde die Tonne, in Strophe 1 so passiv,
dass die Gendersachverständige ständig die Stirn runzeln musste,
aktiv und legte vier Eier.

In Strophe 3, einem Zwischenspiel,
hörte die Gendersachverständige nicht mit Stirnrunzeln auf
(»Die Eierlüge! Zeitlos ungültiger biofaschistischer Urfake!«),
bis ihr aus der wund gerunzelten Stirn (»Ich, die Zeusin!«)
ein Schwanz fiel,
eine Schwänzin, die sie, »Vorhaut« rückübersetzend in »Vulva«,
unterm approbierten Kosenamen Athenimös großzog.

Strophe 4. Jetzt war ich wieder dran. Ich griff mir,
um der Gendersachverständigen eine Freude zu machen,
die vier Eier, hockte
mich drauf, bebrütete sie.

Rasch war die Brutzeit um. In Kurzstrophe 5
schlüpften aus den vier Eiern vier
Schwänze.

Den ersten bappte ich dem alten Carruthers zwischen die Beine,
den zweiten mir. / Verwendung für / die Nachwuchsschwänze 3 und 4
hatte ich, da mir erst kurz vor Ex
die Gendersachverständige wieder einfiel, die eben dabei war,
Klein Athenimös »Pinkschleierchen und der AWM« vorzulesen,
ihre für die Reihe Faire Fairy-Tales geschriebne,
mit der Bunten Klito ausgezeichnete Mutmachgeschichte,
o um ein Haar hätt ich den Faden, o um ein Schwänzchen
hätt ich den Schwanz
verlorn, in Strophe 6: keine.

In Strophe 7 beschloss ich, mir ein Happy End auszudenken
und die freischwebenden Schwänze der Gendersachverständigen
als Gspänli für ihre Einzelschwänzin zu schenken.
Athenimös – Artimös – Aphroditimös. –
Toll! Sie waren Transenbrüderinnen!
Wir alle acht oder neun (hat wer mitgezählt?)
warn vor Freude von Sinnen.

Und was wurde aus dem Carruthers-Schwanz?
Ich riss ihn ab. Dann den meinen.
Ich warf sie in die Tonne. Dort konnten sie sich,
wenn es sein musste, jederzeit vereinen.
Die Tonne hatte (es ist Strophe 8!) keinen Bock, was zu gebären.
Womit wir endgültig am Schluss des Gedichts
und auch sonst ganz unten angekommen wären.

MANON HOPF

DIE TOCHTER HAT IHRE HÄNDE
zur Mutter gebracht
die ihren braucht sie jetzt
nicht mehr
sie fallen aus
dem Morgenrock
liegen bis zum Abend
in der Schlafzimmertür
bis die Nacht
sie der Mutter zur Seite legt

ÀXEL SANJOSÉ

Wenn wie eine kühle Hand
sich der Abend endlich leget
auf die fieberheiße Stirn
und das Wahre, Gute, Schöne
uns als Rötlichkeit sanft grüßt,
in der violette Kähne
ganz aus wolkenhaftem Nichts
wie bereit zur Abfahrt schweben
in die Bläue hinterm Berg,
wo zu Gottes tiefrer Ehre
und in kaltem Leinenkleid,
dessen Naht sich langsam auftrennt

CRAUSS.

liebhaberzählen

klischees, die unter den nägeln brennen:
liebhaberzählen. MAX, SEBASTIAN, KAI
und zweimal ein CHRIS oder CHRISTOS,
dann alle jungen im zug, schliesslich
du selbst, denn du magst dich ja sehr.
brauchst beinah zehn finger, für mich aber,
das liegt auf der hand, fehlt dir ein daumen.

KONSTANTIN AMES

Herfalten im Nofftal (Singerepigonen)

hier wird's nie hell, quatschdunkel sie sieht's
hier, Gips, kein Tal, keine Teller, nur Intelligenz

Handteller, wem Gehörn die des Hufschmieds
dem Hufeisen mehr, mehr dem Pferd, Gents?

Na, komm, komm von der Palme runter, miez-miez!
Bachkantaten bitte immer nur von Genz …

Tälerhin spricht Kuhküsserin von Identität (Mead).
In telling Gäns you'll never get back to your pants.

das flattern im brustbein. die findlinge kommen von unten
bis an die hände heran, zerdunkelte spannen
dreimal im sand und die spitze zerschilfert

was sie an spuren entdecken kann.
                    wir haben den ort verloren
der unter wasser steht

die bagger durchwühlen die luftige erde
ein leuchten im mergel
        das war nur ein traum

ein leuchten im wasser, das war nur ein räumen
        die schauen tief in den graben rein
warten auf, was sich verkehrt: die schlacken, die steine, das aus-

gebrannte erz. zähne, gedanken, läßt sich was rückwärts
erschließen. läßt sich was kosten, ein nagel
aus silber in

die erde schlagen? nun? wolteritz, vika,
lössen. die orte drehen sich ein. und find' sich im wasser
wie eingelegt, -gelagert, dreihundert ellen unterm stein

MARTINA BILKE

an der ganzen großen zahl

die nadelspitze trägt

wie viele engel?

sie landen indem sie behutsam die fittiche falten der erste der
zweite der dritte der fünfzehntausendste der hundertmillionste
und aberbillionen über billiarden heerscharen heiliger gottes
boten sitzen flügel an flügel nebeneinander die nachbarn nicht
zu behindern machen sie sich ganz dünn hohl-
wangig blicken sie um sich nach oben nach unten schon wieder
einer im anflug wo will der noch hin dass der sich nicht sticht oder
mich schubst wenn er landet ganze geschwader duzentilliarden
von engeln gefolgt von unzähligen nullen doch jede ein engel gott
der herr hat sie gezählet trotzdem schweben weitere ein hat er sie
also doch nicht gezählet und etliche noch was für ein flattern und
rauschen es sind unendlich viele
plus einer

ELISA WEINKÖTZ

der kleine vogelfleck kam viel zu früh
deine zunge, nah am blauen
hunger in diesem halben schlaf zu dieser jahreszeit

sît ich dich, herze, niht wol mac enwenden
sît mich mîn sprechen nu niht kan gehelfen
noch gescheiden von der swære mîn

an deinem rücken hing noch eine hand
ein ast im haar, die kleinen braunen knospen
unerkannt von unsren leichten klagen

ich wânde ledic sîn von solher swære
ich tausche hand um haar beim marktstand ein
ich bin so froh, mein herz
soll nichts mehr sagen
ich bin so vrô, sît uns die tage lichtent, werdent lanc

MARKUS BREIDENICH

Erhebung der Kerbtiere

Ausgeflogen die Eintagsfliegen und Nachtfalter
einer Täuschung ihrer Facettenaugen erlegen
im zunehmenden Licht von künstlichen Monden
im Spiritus der Malaise-Fallen entkörpert

Was ist ein Himmelszelt aus Nylonfäden
gegen die Freiflüge im Chitin
Die Menge von Heerscharen vor Jahren
bleibt ohne Gewicht in den aufgestellten Behältern

In Kisten gestapelt gelagert und beschrieben
am Abend eingepflegt in die Datensätze
und aufbereitet am Morgen in allen Tabellen

Gezählt sind die Tage und Tiere in Flüssigkeit
Ausgewertet ihre Spezies und die Graphen
eine langsam fallende Hüllkurve ihres Verschwindens

TOM SCHULZ

18:48

Das Rückwärtsgehen, das nach hinten sehen, das Stehenbleiben
der Parkuhren an diesem Freitag, an dem wir Küchengeräte online
kaufen: Scherzartikel, Birkenstock-Sandalen. Black Friday.
Wert schöpfen. Das Bein nachziehen, die Brauen justieren
die Lippen schmälern. Jeder Mensch besteht aus seiner Kaufkraft
so auf Erden, wie auch ich dich bewahre vor den Wasserschlangen
vor der Pfändung durch Hyänen.
Auf der Uhr geht die Sonne um 15.59 unter. Wir sind symphonisch
verbunden mit dem Volkstrauertag.
Der Hund wartet auf mich vor dem Discounter. Ich könnte ihn
von der Leine los schneiden. Er kuschelt sich an meine Beine, leckt
mir Hals und Hände. Herrchen, der immer ein Leckerli in der Tasche ha
Jeder hat mehr im Wagen. Der Herr nimmt, er gibt auch reichlich.
Die Wurst war ein Tier. Schlachter und Wurstmacher sind herzhafte Leu
aus Mittelstand, Flechten und Bierfilz. Aufzucht und Ableben erfolgte
zu 100 % in Deutschland —. Diese Wurst esse ich nicht, euer bitteres
Bier kaue ich! Ich suche nach einer Zeile.
Noch einmal das Leben wenden wie das Ei in der Pfanne. Das Ei, das
Zarte, ein leuchtendes goldenes, aus dem die Weisheit quillt.
Gequirlter Mist. Noch einmal die Welt neu verfassen, ihrer Ordnung
die Bügeleisen klauen und die Staubsauger.
Die Freude ausrufen am Ewigkeitssonntag: Zunge raus.
Depressionen breiten sich aus im Novemberland wie Samt und Salpeter.
Holger, Dieter und Ulla, unter der Wiese, anonymer Kreis. Die Freunde
ringen um ein Stück vom Kuchen. Und suchen nach Näpfen.
Sehr geehrter Herr Schulz,
nach meinen Ermittlungen sind Sie Gläubiger
der Air Berlin PLC & Co. Luftverkehrs KG.
Ach so.

Sehr geehrter Herr Schulz,
da der Absatz einiger unserer Titel in der letzten Zeit sehr schleppend war, haben wir uns entschlossen, den Ladenpreis aufzuheben, dies betrifft auch ihren Titel.
Makuliere mit!
Verabschiede dich nie von einem Tier. Geh nicht über Solingen. Reinige nicht die Uhr im Herzen. Sei Zuckersand. Schreib niemals niemals. Noch einmal das Leben wenden wie die Scheibe im Toaster. Das Kücken sehen, nicht die Mast. Etwas vom Meisenfutter in einer Schale auf den Balkon tragen. Den Gummibaum im Park aussetzen.
Noch einmal die Welt neu verfassen, ihren Herrschern die Hosenträger abschneiden. Das Korsett der Mätressen in die vier oder sechs Blüten einer Kirsche verwandeln. Beim letzten Ton des Zeitzeichens ist es 18:48.

LEVIN WESTERMANN

Goodnight 6

zum beispiel: das herz. es schlägt.
bei tag und nacht. so laut es kann. ein leben lang.
und stoppt und steht dann plötzlich still — der körper
auf dem boden vor der tür. vermessung einer seele.
alter. farbe. form. gewicht. zitterende hände. ver-
wischen. das licht.

MANFRED ENZENSPERGER

public viewing

an der bar besetzungen. uhraufführungen. hospitanzen.
rüstungseffekte. kostümmalerei.

nebenmenschen stehen neben nebenmenschen
als ginge es ums ganze.

auch andere sind da. sie sehen wie schönes in seiner schönheit
anderes schöne noch verschönt.

zwei innenverteidiger treffen sich zum halbfinale am seitenaus.

ALEXANDER GUMZ

die letzten sekunden des sommers

aufgekratzt seit vier uhr früh, hemdsärmelig, lachend,
werden wir, wie üblich, nichts machen
als einen draht. und mit *machen* meine ich,
ihn umschlingen mit so viel liebe, dass er bucklig wird.
ein erster fester freund, ein handschuh,
eng und außer gefahr. das ist es, was uns fehlt:
das übliche als möglichkeit erleben, als einen hauch von glanz
nach so vielen stürmen. die letzten sekunden des sommers
brechen an, im dunkeln handgeschrieben.
ihre müdigkeit, ihr leuchten.

KARLA REIMERT

Sabotiere dich nicht selbst

Schieb die Hand unter dein T-Shirt.
Erfühle die Unebenheiten mit nackten Fingern.

Vielleicht sind es Löcher, mit Heftklammern vertackert.
Vielleicht Narben eines Gottes, der deine Syntax verstört.

Ich sehe dich von seitwärts an, deine Brüste,
etwas befremdet vielleicht, wie ein Mann.

Du liegst in einer weißen Wanne, dein Gesicht
eine wunderschöne, satzförmige Wunde.

Vielleicht bin ich ein nachsichtiger Vater, und du zeigst mir,
wer dich erschossen hat. Vielleicht bin ich dein Sohn.

Zwei Fäden führen jetzt aus dir hinaus. Ein weißer
aus deinem Rücken, daran geknotet so ein rotes Plastikding.

Ein anderer, ebenfalls weiß, zwischen deinen Beinen.
An seinem Ende baumelt eine blaue Tasse.

Seltsames Licht sickert aus. Schmerzempfindlich.
Du drehst dich in den Fäden ein wie in Verse.

Ziehst nach und nach Klammern aus deiner Haut.
Dann öffnet sich Wunde für Wunde ein Wort.

ANJA BAYER

Register der Tröstungen

(Auszug*)

abbiegen; zwölfmal; zwölfmalig abzubiegen, abgebogen zu sein, in immer gleicher Richtung heißt erstaunlicherweise viermal, nicht dreimal im Kreis gefahren. oder-aber durch Vergrößerung der Strecken zwischen den Abbiegungen spiralförmig nach draußen den Ausgangspunkt verlassen. oder-und mit Verkürzung der Strecken zwischen den Abbiegungen spiralförmig nach innen den Zielpunkt erreichen. denke die Figuren bei willkürlich wechselnden Richtungen.

---

* Die Begriffskombination am Beginn eines Eintrags bestimmt sich durch Paarbildung der Duden-Stichwörter (24. Aufl.) vom Buchanfang und -ende aus nach innen.

MARIUS HULPE

Spielplatzvariation

das war nicht von Dauer, zwecklos
es mit sich zu schleppen. Weinpullen, Scherben,
Staub auf dem Vorsatz, zu werden. wir nahmen
alle denkbaren Schlücke dankbar entgegen.
niemand mehr leistete sich eine Ahnung, der Stein
aus deiner Hand, kleine Versicherung und Mahnung.
rostiges Leben, herbstnasse Bänke, vom Laub
bedeckter Sand. Kot am Rand. jede Woche
ein Messer, und stündlich ein neuer Segen.

CAROLIN CALLIES

stilleben aus pillen // apotheke eins

wir kaufen das aspirin aller länder,
pulverisieren es mit einem mörser & nehmen es ein,
eine grausame hand, ein stilleben,
das wir zu unserem machen: der zeh, ¼ taub
& wir knirschen nicht, wir schwitzen nicht,
wir fühlen uns zu 1/8 kirsche, die erbsen darunter.

das ist unser einstieg für den mäandernden ausstieg,
ein pillenmoment: du formst sie. ich nehm sie,
sie schlucken sich so schlecht.
nimm deine finger in die hand, nimm mundtief
die lunge raus. glaubst du dem finger mehr als einer pille?

nimm mich aus dem pulver, leck an mir
das mikrogramm wirkstoff. komm, das soll schön sein
& nimm die resonanz mundkonform.
ich glaub fest an infektionen & an dich
als houdini unter den zellstrukturen.

glaubst du einer lunge mehr als einem finger?
wär ich ein medikament, ich verschrieb mich mir,
ich liehe mich aus.
denn ich bin anti-entzündlich & darin gründlich
in meiner dermaßen öden reputation.

10. KAPITEL

die alte wasserwaage horizont

KERSTIN PREIWUẞ

Sag dass der Mund eine Scheibe ist, ein Erdbewohner aus der Frühe.
Sag bloß am Grund sitzt der Ameisenlöwe und wirft mit Sand.
Wahrscheinlich ein Fremdkörper im Auge
ein Trichter ohne Rand
der dich frisst ohne Hände nur Mund
zum Umrunden ein Neunaugenschlund.
Zieh es dir an das radiophile Hemd
mach es zum Tonband stell es an.
Hör ab die Rillen die das Töten überspielen
bündeln Momente Pflanzen Tiere.
Steck sie zusammen. Paare sie.
Jag sie durch die enge Stelle.
Beides reizt den Kanal.

TIM HOLLAND

all die kleinen steine rollen längst.
bangladesch zieht sich zurück, die malediven.

da sind menschen unter wasser, die tauchen nicht.
in new york baut man wolkenkratzer als staudämme.

berlin ist auch nur auf sand gebaut. schaut zu, wie ihr land gewinnt.
wir häufen erde auf, klopfen salz ab, kratzen die stadt zusammen,

lösen berlin aus dem land. jetzt plustert sich die stadt auf, blüht
auf dem meer, trudelt. wir sind eine insel, fern aller inseln.

eine seerose entzieht sich der kartographie. die alte wasserwaage
horizont wiegt uns. wind, ein entfernter cousin, kommt zurück,

jetzt schlägertyp. per gesetz werden grenzen subtiler. berlin
ist eine teilbare stadt. wir teilen, das haben wir derweil gelernt.

wir modifizieren unser körperding. es trödelt. wir sind eingeschweißt
wie erdnüsse, frieren nicht, dulden, fusionieren dann wie verrückt.

oder haben glücksanzüge an. die gebäude häuten sich mehrmals
im jahr, die gärten wurden in in die vertikale gestemmt.

früchte daraus sind nur etwas müder. nebenan haben sich neue
wesen installiert. die sonne tuts nach wie vor.

JOACHIM SARTORIUS

Die Nekropole von Pantalica

Der Reiher fliegt in die Wälder und füllt seine Flügel mit Gewürzen.
Der Himmel ist aufgespannt wie ein Fell, hellgrau.

Ich bin der Hirt, der Feigen schlitzt.
Schön spreche ich über die grauen Schafe.

Und schöner noch über die dunklen Gräber.
Über den ersten Schmetterling, braun und nervös.

Hoch auf dem Berg liegt aufgeschlagen
das Bestimmungsbuch für die Arten seines Flugs.

BOŠKO TOMAŠEVIĆ

Andere Wüsten entstehen

Nach allem entstehen
andere Wüsten
und nach diesen wieder andere
neue
in jedem Moment neue Wüsten
von des Messers Kante
gehen wir in sie ein
steigen wir aus ihnen empor
gehen wir wieder in sie ein
die Wiederholung ist ursprünglich
so dass es wenn wir uns an das
Fenster im Haus erinnern
und an den Garten vor ihm
auch keine Wiederholung gibt
sondern nur einen beständigen
Blick aus der Wüste
auf uns
innerhalb des Raumes der uns
übergießt
mit einem Fenster einem Schrank
eine Quitte auf dem Schrank
einem Quittenbaum vor
dem Haus
nahe all diesem immer
eingetaucht in das
was unser ist
mein und dein
während andere Wüsten
entstehen
im Jänner unseres Lebens
im November

fallen sie auf uns
haben wir ein Fenster
auf dem Haus ist ein Schornstein
im Garten ein Quittenbaum
in diese Wüsten-Nähen gehen wir ein
dies ist uns gegeben
dies nehmen wir
und danach soll Schnee fallen
er soll fallen
und uns soll man begraben.

lichtschrift streusalz; dazwischen das dunkel, in dem wir tappen, uns selbst und einander entgleiten wie kohle im sack. nicht schwer hier, ins finstere, unmöglich, ins schwarze zu treffen. die lahmende metapher vom blinden huhn gackert auf, angeschossen hackt sie in notwehr nach den händen auf der tastatur des laptops. da rennen finger wie fette käfer: abzubüßen die alten unterlassungssünden am ungeschriebenen, gute vorsätze zu fassen um späterer sätze willen, die willkür des neuen jahrs; dazwischen DIE GEGENWART DER GEGENWERT des sprechens, fast schon blutspur schleimspur, so perlschnurartig tröpfchenweise. dann still sein, knoten lösen, damit der faden wieder ruhig und glatt durch die finger läuft. wir ziehen daran, ganz leicht, bis das glöckchen bimmelt, treiben die metaphern zurück in den stall, bevor der fuchs kommt. und im morgengrauen, weißt du, finden wir hüben und drüben ein korn,

CARMEN JAUD

donaubrücke

jeder ist über das wasser gekommen. bis zuletzt. dann nicht mehr. was war zu spüren danach. aber man kam mit dem leben davon. es gab noch andere wege. umwege. wie alles ein umweg gewesen war todsicher und umsonst. kein lebewesen sonst braucht sie nur wir. ohne uns wäre sie nicht und wie wären wir ohne sie. auf umwegen im zeitmaß der fähren nass oder gar nie ortsfremd. wir könnten ertrinken in uns.

PATRICK WILDEN

Worum es geht

Es geht um die Kabinettskarte
der österreichischen Niederlande
erhoben auf Initiative des Grafen
von Ferraris in der Historischen
Sammlung Pro Civitate aus der

In-quarto-Serie Numero zwei in
zwölf Pappkassetten mit zwei-
hundertfünfundsiebzig Karten auf
eintausend Blättern zwölf Bände
historische chronologische und

oeconomische Memoranden in
Faksimile ein Band enthält die
Einführung mit gefalteter Karte
im ganzen geht es demnach
um fünfundzwanzig Bände in

illustrierter Pappe publiziert zu
Brüssel von neunzehnhundert-
fünfundsechzig bis vierund-
siebzig es geht um das Exemplar
zweihundertdreiunddreißig von

fünfhundert als Reproduktion der
Brüsseler Ausgabe erschienen
siebzehnhunderteinundsiebzig bis
siebenundsiebzig herausgegeben
durch die Königliche Bibliothek

von Belgien in französischer Textedition im Kartenmaßstab eins zu fünfundzwanzigtausend pro Kassette je eine Legende in Niederländisch und Französisch

sieben Kassetten mit je einer Übersichtskarte in den beiden Landessprachen die Einbände und Kassetten zum Teil gering bestoßen und leicht stockfleckig

um diese alte Karte geht es hier

JOHANNES KÜHN

Ödsinn im Dorf

Die Hühner gingen in den Wald davon
und ließen Leere an den Höfen.
Der Himmel sinkt.
Die Sonne brennt nicht mehr.
An den Weiden überm Bach
knoten sich die Nebel
zu einem Tuchgewirr.
Ich geh hinein
und bin verloren
wie eine Leiche in den Leinen.
Als Beleidigung erfahr ich Glockenklang.
Und in Erinnerungen quält mich
verspieltes Geld am Nachmittag
bei Freunden in der Gastwirtschaft.
Erst da beginnt der Ödsinn,
da und da durchs Dorf.
Ich atme tief, ihn zu verkraften.

FRANZ-JOSEF KAISER

berenice

Ich hätte dich so gerne
zurück in unser Boot geholt
im Überwinden inn'rer Ferne
die Richtungsdaten umgepolt

Du hättest mir so gerne
verlaub, den neuen Plan gebracht
der wetterfest wie die Luzerne
besteht auch in der Sturmesnacht

Ich hätt' mit dir so gerne
das Steuerruder mitbewegt
im Linienkreis markanter Sterne
in unbekanntes Ziel gedreht

Du hättest mich so gerne
ins unbetretene Land gebracht
wo weiter blühend Lebenswärme
Du sorglich meinen Platz bewacht.

die sonne tuts nach wie vor, wie schon im matthäusevangelium,
ständige kernfusion, wasserstoff wird helium. bei 15 millionen
kelvin schmelzen zwei wasserstoffkerne und 8 min und 7 sec später
brennt dem dachs der pelz, der lachs schwimmt bäuchlings oben.
die sonne sengt, im totholz glosts. schießt diamanten in die
atmosphäre, das wärs vielleicht, so harvard. die diamanten zermahlen,
der staub suspendiert in einer wolke, das sollte schon einen schönen
nebel geben. der diamantenstaub wird das sonnenlicht reflektieren,
die erde wird sich nicht weiter erhitzen. alles wäre im matten
dunst zu abduzieren und oben, oben würde es glitzern.

JULIA DORSCH

»vielleicht eine Korrelation im November,
Gestecke, Ziele, was ich trage.«

Notieren Sie sich:
Der Bohrkern hinterlässt einen Hohlraum, rundum die Schichtung,
am Boden der Anbeginn.
Vermuten Sie zuerst das Streichen, zeichnen Sie.
Die Dürre, der Anbau, die Rodung.
Nun die Untersuchung:
sehen Sie hier die Verwachsung, darüber den Wuchs.
Wir suchen nach einer ausgezeichneten Orientierung,
dem Fall einer Zwillingsberührung, tasten Sie nach.
Schritt 2: Die Flutung.
Z. B. übersetzen, das Wasser behält keine Spur.
Halten Sie sich im Bauch eines Schiffes,
lassen Sie sich abtreiben.
Dann legen Sie einen Pol an, steigen Sie auf.
Setzen Sie sich nun erneut ins Gelände,
nehmen Sie diese Kartierung vor, orten Sie den Schorf.
Anschließend wenden Sie, hier kann eine Blöße erneut stattfinden,
hier befindet sich die Neigung, das fossile Gestein.

MARKUS BREIDENICH

Old-Fashioned Evolution

Versiegelt sind die Untergänge aufgelöst
die Rätsel um die frühen Formen derer die
halb Fisch halb Lungenatmer waren treue Seelen
ins Land gegangen wie ein Jahrgedächtnis
aller Steingewordenen aus Butt und Trilobit
Und niemand liest sie auf von Schieferplatten
ausgesagt ihr Laut und ihre Tonspur spröde
So brechen sie jetzt auf in hundert Stücke

Wo allerwärts ein Zeitgeschehen tobt
die Aventüren hinterrücks auf tiefer See
wächst unter ihrem Rumpf an Schulterblättern
längst hinaus bis über alle Berge jeder Fuß
Hier geht man nicht so einfach aus dem Sinn
Wo jedes Inselreich sein Wasserzeichen hat
wird jeder kleine Schritt Relikt im Schlick
und eine diplomatische Vertretung erster Beine

Und jeder Weg wird eine Zielperson für andre
ein Fressen und ein Opfern über Stock und Stones
Wo Jäger feste Körper feiern wie sie fallen
ein Wildbret aus den Bäumen für ein hohes Tier
Die Krone jeder Schöpfung ist ein Blattwerk
ein Kopfsalat mit Paukengängen Höhlen
mit lebensechtem Rauschen für ein Weltgericht
und Abgesang aus Muschelkalk und Algen

MICHAEL LENTZ

sehnarj

die dose ist zu der hahn ist abgedreht
aber was sind jahre nichts anderes
eine schnur darin sehr schön das tier verläuft
geknüpft ist immer nur ein teil erscheint
während die anderen längs schon wieder vergangen

mich hält das an der hand des nabelbruchs
wir streiten noch ob jenseits durch die pforte
dringt es ist zur zeit recht still und kaum
zu ahnen wie līch ersetzt wird und entmündigt
vielleicht viellīch die leich die īch die ich

jetzt crab den sieht man nicht er geht zum meer
zurück ein langsam rückwärts hüpfender krebs
verschwindet das ich bin rosig im verkehr
doch allzusehr verhaftet den tentakeln
die spinnen in mir ein zweites gehirn das sich trägt

wie ein geweih es schnalzt mit dem paarigen mandel
kern hersnja das ist die schüttere trauer
die mich betrügt zu betrauern es stürbe einer
als ich so bin ich ganz in meine außen
gestalt versenkt und doch zugleich aus ihr

heraus entbunden ist die dose nichts
als eine schnur die sich selber zieht kein hahn
verrät den verrat wer dreimal kräht dem glaubt
man nichts anderes sind jahre aber so
ist abgedreht der hahn die dose ist zu

CHRISTEL STEIGENBERGER

DU UND ICH sind sowieso nur ein ungenügend dokumentiertes soziales
Experiment. Keine Auswertung der Daten. Kein Code of Conduct. Also wenn ihr
meine zehn Cent dazu hören wollt, meinen privaten, subversiven, partizipativ
heiligen Gral. Dann wahrlich, sage ich euch: Jesus hat daraus getrunken.
Mohammed hatte seine helle Freude daran. Nur my Lord Jagannath liebt in
Zuckersirup getränkte Bällchen, Rasgollah genannt.

Du und ich, wir beten sonntags im Internet für eine schnellere Verbindung.
Immer auf der Suche nach einer gläsernen Schnur. Freitags beten wir für die
Freiheit der Daten. Die Sicherheit der Bienen. Katzen und Ziegen und Nudeln
für alle. Süßes Nichtstun am hölzernen Stab.

PETER KAPP

Unser Latein

Die Abteilung für Seetang sendet aus den Tiefen
der Laternenfische Luftschiffe aus, gebunden an
einen wolkenlosen Himmel, der im Brackwasser
Spiegelbilder zeichnet. Unsere Zukunft, heißt es,
spricht mit einer Stimme für alle Spezies. Korallen,
rund ums Ozonloch gewachsen, als Kühlschränke
noch klirrten oder die Milchflaschen darin. Nach
der Revolution sind die alten, postökologischen

Feinheiten rascher verschwunden als Wasser
vom Mars. Stattdessen glitzernde Windräder,
Landeplätze für genoptimierte Flughörnchen
schummern wie Fata Morganas im staubigen
Morgen. Heute wissen wir. Am Ende überleben
düstere Planeten, göttliche Zeichen, die direkt
aus den Flammen gegossen ihre größtmögliche
Wirkung entfalten. Oder sagen wir entfesseln.

SASCHA KOKOT

vor den Fenstern wüten die Baufahrzeuge
schon am frühen Morgen
erwachen sie schnaufend in ihrer sandigen Grube
und die Rammen sind von dort
bis in unser Innerstes zu spüren
wo sich das Zittern immer tiefer einfrisst
und wir zu grübeln beginnen
wie lange es noch gut gehen wird
und unser Fundament hält
uns bleibt nur
die Sonne durch den Baustaub wandern zu sehen
und die Schwalben zu deuten
die stur ihre Gewitterkreise über uns ziehen
erst wenn am Abend
die Ketten zur Ruhe kommen
die Maschinen vor der Nacht verkeilt werden
können wir alles betrachten
die neuen Grundrisse und leeren Gestänge
wie sie da vor uns ausgebreitet liegen
tief in ihrem Erhärtungsschlaf versunken
erinnern sie uns daran
wie schnell die Dämmerung hereinbricht
und sie bald heimkehren werden
unsere rastlosen Träume

CLAUDIA GABLER

Keiner war frei von Melancholie. An Tagen, an denen manche
nur schlummerten, setzte der Regen noch vor dem Morgen ein.
Es waren geölte Tage, die den Blumen gewidmet waren.

Der Sommer hing schlapp in den Baumkronen. Die Hunde
wandten sich zurück zu den Menschen, die am widerstrebenden
Rand des Abends ihre Flügel weiteten. Ihnen war es egal,

ob das Schlummern der Liebe gleich war. Egal, ob Drinks
verteilt wurden an die, die nach der Ewigkeit suchten. Dann
kam ich wieder in den Wald und schrieb es in die Rinde

der dunkelsten Tanne: »Sucht nicht nach mir, es kann später
werden.« Ich weiß, das sind nicht die Dinge, die ihr hören wollt.
Ihr wollt wissen, welches Kleid Anna gestern trug und wo man

es eventuell nachkaufen könne. Dann macht eure Murmeln auf
und öffnet die Fenster. Der Westwind macht einen Augenblick
Rast auf den Hügeln, die kleinen Näherinnen stehen schon

vor den Toren. Sie sehen aus, als seien sie immun gegen den
Herbst. Doch sieh, auch das ist nur scheinbar! .... Ob sie auch
unsere Tage ölen könnten, wenn man sie ließe?

(nach Maurice Blanchard)

MICHAEL ANGELMI

A Bocca Chiusa

Welches Echo, welche Liebe
bliebe meiner stillen Herde,
wenn ich heimlich weiterliefe
übern Rand der stillen Erde?

Leises liebliches Geläute
aus dem Bauch versenkter Schiffe
oder die geraubten Bräute,
deren Feuermale zischen?

Bleibt mir nah, dem guten Hirten,
hie und da soll's welche geben,
die uns ohne Angst bewirten
trotz der ausgelöschten Leben.

HORST SAMSON

IM VORLÄUFIGEN UNTERWEGS

Über Heimat und Sprache
Sind Hecken gewachsen,
Brombeerhecken, wilde
Gerüchte,

Über die kein Wort, kein Laut
Nach draußen dringen,
Keine Zeichen
Am Himmel, nur die Stille

Im Dorf der verstorbenen
Sätze, zerkratzte Bilder bewachter
Grenzen, aus denen

Erinnerung besteht und schöpft
Für den letzten Diskurs
Über Bleiben oder Gehen.

MARTIN ZINGG

Morandi

So bleiben. Nichts mehr verlangen. Die Abweichung
von einer Linie ist immer noch eine Linie, das weißt du:

dass sie an der Kante dieser Kanne bleibt, dass sie
nicht zurücknimmt, was sie kann. Sie lenkt den Blick

zur Flasche links und zeigt den Krug, die Schraffur
am Hals des Kruges, auch die Flasche da vorn.

Ein Bild, das weisst du, wird Erinnerung und
nimmt nichts zurück, lässt die Linie eine Linie

bleiben, Konturen und Stillstand. Am Ende
war alles davor schon da, aufgehoben in Pastell.

MICHAEL KRÜGER

Das letzte Gedicht

Schluss mit der Poesie. Die Welt bewaffnet
sich wieder, der Mörtel wird angerührt
für die hohen, unzerstörbaren Mauern.
Aber an den Mauern, sagen die Dichter,
wird der Efeu emporzüngeln,
und der Schatten der Kletterrosen
wird einen Sommer lang haften.
Die unzufriedenen Vögel müssen
höher steigen als die winzigen Drohnen,
hoch in die perlmuttfarbene Heiterkeit
über der Grenze,
die von Wölfen bewacht wird, auch sie
Träger einer unsterblichen Seele
von unendlichem Wert.
Kannst du dich noch an die Zeit erinnern,
als es zu viel Honig gab?
Als Honig durch die Strassen floss
in einem türkischen Licht?
Damals sanken die Worte ein
und wurden gerettet wie die Fliege
im Bernstein. Wir retten nichts mehr.
Eine Maus soll hier leben,
die Führungen macht durch die Wildnis,
sie ist farbenblind, man bezahlt
mit seinen verdorrten Worten,
mit denen man früher das Glück bestach.

Zwei Nachbemerkungen

DAGMARA KRAUS

Wohin bleiben wir?

Das erste Gedicht, das mir im Rahmen dieser Anthologie zugesandt wurde, enthielt eine Frage, die mich beim Lesen und Zusammenstellen der Beiträge begleitete und immer noch beschäftigt: »Wohin bleiben wir?« So lässt José Oliver in *schwarzmilan* seinen sterbenden, nach Deutschland emigrierten Vater eindrücklich fragen.

Absurd wirkt dieser Ausdruck existentieller Angst und Ungewissheit nur auf den ersten Blick. Aus einem Grammatikfehler Funken schlagend, um auf poetische Weise an die Grundfeste des Daseins zu rühren, öffnet die an Hölderlins *Adler* entzündete Frage dem Leser eine Tür in einen bislang ungekannten semantischen Raum. Durch die Kollision von Richtungsänderung (»Wohin«) und Aufenthaltsverb (»bleiben«) entsteht eine neue, taumelnde Sinneinheit, die Uneinholbares in Worte fasst.

Die paradoxe Frage erweist sich als Poesie der Grammatik und Grammatik als Poesie. Aber sie ist noch mehr. Als Kernfrage aller Migration ist sie Ausdruck des Exils, des irdischen wie des metaphysischen. »Wohin bleiben« kann weder vor noch zurück. Es drückt eine Sehnsucht aus, einen Elan, der sich auf das große Unbekannte richtet und der manchmal, wie im Gedicht, über den Tod hinausführt. Die schlichten Worte werden zur unruhigen Metapher für den Menschen, wie er sich in vielen Versen der Gedichtsammlung zeigt: als Körper, der mit einem weit von sich wegschwärmenden Geist ausgestattet ist.

Im Kontext einer Anthologie lässt sich die Frage »Wohin bleiben wir?« auch als Leseanweisung verstehen: Bleiben und verweilen wir bei einem einzelnen Vers oder wandern die Augen zu einem anderen, einer anderen Dringlichkeit, einer anderen Sprechweise? Bleiben wir bei dem einen Bild, dem singulären Ausdruck, der uns bannt und im Gedächtnis bleibt, wenn wir das Buch schließen? Folgen wir einem Namen, der Bekanntes verspricht, oder lockt uns ein Unbekannter in eine neue Erfahrung …

CHRISTOPH BUCHWALD

Nachtgedanken

»Liebe Herausgeber«, schreibt ein Herr aus Oberbayern, »es ist bedauerlich, dass auch im neuen *Jahrbuch der Lyrik* einige aktuelle ostdeutsche Lyriker fehlen, wie z. B. Jörg Sablonski und Sylvia Klons*. Und das nicht zum ersten Mal. Schade. Aber Schöffling hat ja einen sehr guten Namen, ich werde das gerne an ein paar mir bekannte, gute, aber eher zurückhaltende Lyriker/innen weitergeben.« – Dazu zwei gute Nachrichten: andere auf das Jahrbuch aufmerksam machen und zu Einsendungen ermuntern ist immer erwünscht. Im *Jahrbuch der Lyrik* haben viele, die sich später einen Namen gemacht haben, ihre ersten Gedichte veröffentlicht. – Muss man da nicht Beziehungen haben, um ins Jahrbuch zu kommen?, fragt eine Dame aus Pforzheim einen Autor, der schon öfter im Jahrbuch vertreten war. – Antwort nach Pforzheim: Beziehungen helfen nicht, den Gedichten beigelegte Schokoladenkatzenzungen auch nicht. Zweitens: Das Staunen über besonders eindrückliche Gedichte von Autorinnen und Autoren, von denen man noch nie gehört oder gelesen hat, gehört zu den besonders erfreulichen Seiten der Arbeit an der Auswahl. Auch in diesem Jahrbuch sind wieder zahlreiche Gedichte von Novizen zu finden. Neue Namen sind in den biobibliographischen Angaben meist daran zu erkennen, dass keine anderen Publikationen verzeichnet sind.

Dann zurück nach Oberbayern. Mit Blick auf die zurückliegenden 33 Jahrbücher der Lyrik könnte ein Bacherlor-Student in einer quantitativen Studie unschwer feststellen, dass die ostdeutsche Lyrik – besser: die von in Ostdeutschland lebenden Autorinnen und Autoren verfassten Gedichte – vom ersten Jahrbuch (1979) an stets vertreten war. *Vor* 1989 war es zwar schwierig, an *unveröffentlichte* Gedichte von DDR-Autoren heranzukommen, zudem galt das Abdrucken von Gedichten aus der DDR ohne Zustimmung des Urheberrechtsbüros der DDR als justiziabler Verstoß. Doch dank der Hilfe von Elke Erb, Karl Mickel, Adolf Endler und einigen lyrikaffinen bundesdeutschen Diplomaten mit kontrollsicherem Gepäck gingen von Jahr zu Jahr mehr Manuskripte von DDR-Autoren ein.

Unter anderem auch Gedichte von Sascha Anderson. Sie fielen uns sofort durch ihren eigenwilligen Ton und ihre Bildsprache auf. Beim nächsten Jahrbuch gab es einige Absagen von DDR-Autoren: mit einem Stasi-Spitzel wollten sie nicht im selben Jahrbuch stehen. Verständlich. Aber doch bleibt für uns, die Leser, die derzeit vieldiskutierte Frage, inwieweit die politische Dummheit eines Autors auch den Werken inhärent ist, oder zumindest auf sie abfärbt. Die Antwort kann meines Erachtens keine allgemeine sein, sondern nur eine, die sich konkret auf einzelne Werke und Autoren bezieht. Die Anderson-Gedichte kamen auf dem eben beschriebenen diplomatischen Weg in den Verlag, die »Enttarnung« des IM S. A. musste erst noch passieren, seine Gedichte im Jahrbuch waren und sind auffallend gut. Frage an die notorisch schnell empörten Freunde von Schwarz/Weiß: Sind die Anderson-Gedichte durch die Spitzeldienste ihres Autors schlechter geworden, riechen sie ex post nach Verrat? Die Liste törichter bis verbrecherischer politischer Haltungen bei Autoren mit herausragenden Werken ist lang, von Gottfried Benn über Ezra Pound bis Knut Hamsun. Über *so einen* hat der formidable Lyriker (und Mitherausgeber des *Jahrbuchs der Lyrik 1980*) Christoph Meckel ein hellsichtiges Buch geschrieben, *Nachricht für Baratynski* [1981]; ein Portrait des russischen Dichters Jewgeni Abramowitsch Baratynski (1800–1844), der erfolgreich betrieb, was er in Versen verdammte: Leibeigenschaft, Sklaverei, Unterdrückung. Meckel: »Er sorgt mit Geschick für die Auswertung seiner Güter.« In seinen Poemen jedoch träumt Baratynski von einer befreiten Menschheit im Land, wo die Zitronen blühen. – Ende der Nachricht nach Oberbayern.

Wohin bleiben wir?, fragt Mitherausgeberin Dagmara Kraus in ihrer Nachbemerkung mit Verweis auf das Gedicht *schwarzmilan* von José Oliver. Kürzer und prägnanter als mit dieser Frage kann man das Stimmungs- und Befindlichkeitsbarometer der neuesten Jahrbuchgedichte kaum charakterisieren. Nobelpreisträger Bob Dylan: *There's trouble in the air*. Was mich immer wieder erstaunt und, ja, begeistert, auf wie verschiedene Weise das Ungenügen an der Gegenwart in vielen Gedichten zum Ausdruck kommt: als geologischer Befund, Liebes-Unruhe, Planungs-Skepsis. Und: anders als noch in den Siebzigern und Achtzigern sind die LGWS (Lyrische Gesamtgesellschaftliche Wasserstandsmeldungen) vorsichtiger, fragender, ideologieskeptischer, nicht globalisierend, dafür in kleineren und kleinen Radien denkend. Und ist es Größenwahn, für eine/ihre/seine Generation zu sprechen, wie der niederländische Dichter Menno Wigman (1966–2018)? Hier zur Veranschaulichung das beeindruckende Gedicht *Jeunesse dorée* (1997) aus dem Band *Im Sommer stinken alle Städte* (parasitenpresse 2017), aus dem Niederländischen übertragen von Gregor Seferens:

Menno Wigman: *Jeunesse Dorée*

Ich sah die größten Geister meiner Zeit
    für einen Aufstand bluten, der nicht kam.
Ich sah sie träumen zwischen Bücherdeckeln und
    erwachen in der Zweiundzwanzig-Städte-Hölle
heillos wie das herausgehackte Herz von Rotterdam.

Ich sah sie schwören auf eine neue Trunkenheit
    und tanzen auf dem Grund der Nacht.
Ich sah sie heulen ob der Ochsen in der U-Bahn
    und beten zwischen zweimal hundert Watt.

Ich sah sie leiden an unerbetenem Talent
    und reden mit gehetzter Stimme: –
War alles schon gesagt, noch nicht von ihnen.

Sie waren spät. Nicht ein Versprechen wurde war.
    Die Städte glänzten schwarz wie Kaviar.

Und zum Schluss das verlässlich Amtliche: Wir bitten auch 2020 wieder um unveröffentlichte oder in Zeitschriften oder Zeitungen veröffentlichte Gedichte. Wir lesen sie alle! Die Ausschreibung finden Sie ab März 2020 auf www.schoeffling.de. Wenn Sie zum Jahrbuch der Lyrik 2021 mit eigenen Lyrikübersetzungen beitragen möchten, freuen wir uns.

Folgen Sie bitte auch dem Vorbild unseres Lesers aus Oberbayern, andere mögliche Beiträgerinnen und Beiträger auf das *Jahrbuch der Lyrik* aufmerksam zu machen.

Und zum endgültigen Schluss die Blumen. Ohne die Passion, den wachen Blick, die Sorgfalt und freundliche Geduld von Lektorin Jennifer Sprodowsky hätte es das *Jahrbuch der Lyrik* schwer. Großen Dank für den großen Einsatz!

Ein herzlicher Dank geht auch an die Kopilotin dieses 34. *Jahrbuchs der Lyrik*, Dagmara Kraus. Ich hatte bei der gemeinsamen Auswahl ausgiebig Gelegenheit, ihren unkonventionellen Blick, den empathischen Umgang mit der Poesie anderer und ihre präzisen Annährungen auch an kompliziertere lyrische Sachverhalte zu bewundern. Auch sie hat mir bis dahin unbekannte Lyriker und Lyrikerinnen eingeladen und mich auf Eigenheiten und Qualitäten in Gedichten hingewiesen, die mir bei der ersten Lektüre entgangen waren. Dziękuję serdecznie!

Unser Auswahl-Treffen fand dank der Gastfreundschaft des Freundes und Mühsam-Experten Rolf Kauffeldt in Düsseldorf statt, der uns großzügig und wie selbstverständlich ein ruhiges Arbeitszimmer zur Verfügung stellte.

Amsterdam, im November 2019

* Die Namen sind fake news.

AUTORINNEN UND AUTOREN, GEDICHTBÄNDE

Ackermann, Esther, *1962, lebt in Liebefeld bei Bern. Zuletzt: *Die Hand hinein*, orte Verlag 2016. [160]

Allemann, Urs, *1948, lebt in Goslar. Zuletzt: *im kinde schwirren die ahnen. 52 gedichte*, Urs Engeler Editor 2008; *in sepps welt. gedichte und andere dinge*. Klever 2013. [178]

Altmann, Andreas, *1963, lebt in Berlin. Zuletzt: *Die lichten Lieder der Bäume liegen im Gras und scheinen nur so*, Poetenladen Verlag 2014; *Weg zwischen wechselnden Feldern*, ebd. 2018. [16]

Ames, Konstantin, *1979, lebt in Berlin. Zuletzt: Catherine Hales: *08/15-hegemonien* (Übersetzung aus dem Englischen), Brueterich Press 2017; *sTiL.e(dir) Sämtliche Landschaften, Welt*, Klever Verlag 2018. [183]

Amm, Gisbert, *1965, lebt in Joachimsthal. Zuletzt: *jahresringen*, Verlag Bullauge 2016. [72]

Angelmi, Michael, *1978, lebt in Sankt Petersburg. Veröffentlichungen in Zeitschriften und Anthologien. [218]

Ani, Friedrich, *1959, lebt in München. Zuletzt: *Im Zimmer meines Vaters*, Suhrkamp 2017. [138]

Bajohr, Hannes, *1984, lebt in Berlin. Zuletzt: *Timidities*, Readux 2015; *Halbzeug: Textverarbeitung*, Suhrkamp 2018. [172]

Bartsch, Wilhelm, *1950, lebt in Halle. Zuletzt: *Frankensteinmonstrum*, Edition Thurnhof 2017; *Gotische Knoten*, Edition Ornament im quartus-Verlag 2018. [74|153]

Bayer, Anja, *1971, lebt in München. Zuletzt: *ungewusstes fell*, gutleut verlag 2016; Anja Bayer, Daniela Seel (Hg.): *all dies hier, Majestät, ist deins. Lyrik im Anthropozän*, kookbooks 2016. [194]

Becker, Kerstin, *1969, lebt in Dresden. Zuletzt: *Fasernackte Verse*, Fixpoetry.Verlag 2012; *Biestmilch*, edition Azur 2016. [12|38|141]

Benrath, Ruth Johanna, *1966, lebt in Berlin. Zuletzt: *Kehllaute*, Lunardi Verlag 2007. [152]

Berger, Timo, *1974, lebt in Berlin. Zuletzt: *Der Süden*, parasitenpresse 2014; *extra muros. poemas públicos*, L. U. P. I./Zoográfico 2018. [109|113]

Beyer, Marcel, *1965, lebt in Dresden. Zuletzt: *Erdkunde*, Dumont 2002, *Graphit*, Suhrkamp 2014; Mitherausgeber des *Jahrbuchs der Lyrik 1998/99*. [18|70|92]

Bilke, Martina, *1950, lebt in Karlsruhe. [90|185]

Bleutge, Nico, *1972, lebt in Berlin. Zuletzt: *verdecktes gelände*, Verlag C.H.Beck 2013; *nachts leuchten die schiffe*, ebd. 2017; Mitherausgeber des *Jahrbuchs der Lyrik 2018*. [69|184]

Blömeke, Philipp, *1990, lebt in Bochum. Zuletzt: *in mir babylon.*, Culex-Verlag 2008; *deine haut nah.*, ebd. 2009. [15]

Bonné, Mirko, *1965, lebt in Hamburg. Zuletzt: *Traklpark*, Schöffling & Co. 2012; *Wimpern und Asche*, ebd. 2018; Mithrsg. des *Jahrbuchs der Lyrik 2019*. [140]

Breidenich, Markus, *1972, lebt in München. Zuletzt: *Am Milchstraßenrand*, Lyrikedition 2000 2010; *Anemonenbesuch*, ebd. 2015. [187|212]

Breyger, Yevgeniy, *1989, lebt in Frankfurt am Main. Zuletzt: *flüchtige monde*, kookbooks 2016. [126]

Brischke, Lars-Arvid, *1972, lebt in Berlin. Zuletzt: *eine leichte acht*, Lyrikedition 2000 2006; *flügelzeug. Laut-, Listen- und Raubgedichte* (gemeinsam mit Rainer Stolz), CD & Booklet bei edition rast 2015, als E-Book bei 120mmbooks 2015. [154]

Brôcan, Jürgen, *1965, lebt in Dortmund. Zuletzt: *Schädelflüchter*, Horlemann Verlag 2016; *Wacholderträume*, Edition Rugerup 2018. [11]

Brunner Helwig, *1967, lebt in Graz. Zuletzt: *Denkmal für Schnee*, Berger 2015; *Vsakdanje vrane* (Gedichte slowen./engl./dt.), Beletrina 2017. [177|204]

Buselmeier, Michael, *1938, lebt in Heidelberg. Zuletzt: *Dante deutsch*, Verlag Das Wunderhorn 2012; *Mein Bruder mein Tier*, Morio Verlag 2018; Mitherausgeber des *Jahrbuchs der Lyrik 1996/97*. [30]

Bussmann, Rudolf, *1947, lebt in Basel. Zuletzt: *Ungerufen*, Ed. Bücherlese 2019. [91]

Callies, Carolin, *1980, lebt in Ladenburg. Zuletzt: *fünf sinne & nur ein besteckkasten*, Schöffling & Co. 2015; *schatullen & bredouillen*, ebd. 2019. [196]

Cojocaru, Mara-Daria, *1980, lebt in München und London. Zuletzt: *Anstelle einer Unterwerfung*, Schöffling & Co. 2016. [86]

Crauss., *1971, lebt in Siegen. Zuletzt: DIE HARTE SEITE DES HIMMELS, Verlagshaus Berlin 2018; SCHUNDFAKTOR, Verlag Dreiviertelhaus 2018. [56|182]

Cusanit, Kenah, *1979, lebt in Berlin. Zuletzt: *aus Papier*, hochroth Verlag 2014; *Chronographe Chorologien*, ebd. 2017. [88|89]

Dakovic, Martin, *1991, lebt in Leipzig. Veröffentlichungen in Zeitschriften und Anthologien. [137]

Divaret, Stéphanie, *1971, lebt in Waldkirch. Veröffentlichungen in Zeitschriften und Anthologien. [142]

Dorsch, Julia, *1994, lebt in Berlin. Veröffentlichungen in Zeitschriften und Anthologien. [211]

Draesner, Ulrike, *1962, lebt in Berlin und Leipzig. Zuletzt: *subsong*, Luchterhand 2014; *Nibelungen. Heimsuchung*, Reclam 2016. [83]

Dündar, Özlem Özgül, *1983, lebt in Leipzig und Solingen. Zuletzt: *gedanken zerren*, Elif 2018. [32]

Eisele, Raoul, *1991, lebt in Wien. Zuletzt: *morgen glätten wir träume*, Edition Yara 2017. [35|144]

Elze, Carl-Christian, *1974, lebt in Leipzig. Zuletzt: *diese kleinen, in der luft hängenden, bergpredigenden gebilde*, Verlagshaus Berlin 2016 (2., überarbeitete Auflage 2019); *langsames ermatten im labyrinth*, ebd. 2019. [150]

Enzensperger, Manfred, *1952, lebt in Leverkusen. Zuletzt: *Eingeschneite Hunde*, Horlemann Verlag 2013; *und wenn du* aus *dem haus gehst ist dort der tag*, Gedichte 1998–2018, Verlag Ralf Liebe 2018. [191]

Erb, Elke, *1938, lebt in Berlin und Wuischke. Zuletzt: *Sonnenklar*, roughbooks 2015; *Gedichtverdacht*, ebd. 2019; Mitherausgeberin des *Jahrbuchs der Lyrik 1986*. [36]

Federici, Federico, *1974, lebt in Berlin. Zuletzt: *Dunkelwort*, LN 2019; *A private notebook of winds*, ebd. 2019. [125]

Förster, Anna, *1984, lebt in Leipzig. [116]

Franck, Katharina, *1963. Zuletzt: *Musik! Musik* (CD), 2018. [46|84]

Gabler, Claudia, *1970, lebt im Schwarzwald. Zuletzt: *Die kleinen Raubtiere unter ihrem Pelz*, Rimbaud 2008; *Wohlstandshasen*, Horlemann 2015. [132|143|217]

.ge (aka Georg Witte), *1952, lebt in Berlin. Zuletzt: (gemeinsam mit Sabine Hänsgen) *Sage: Begegnungen; Sage: Um um; Sage: Das Letzte*; Edition Aspei 2017. [95]

Gräf, Dieter M., *1960, lebt in Berlin. Zuletzt: *Buch Vier*, Frankfurter Verlagsanstalt 2008; *Falsches Rot*, Brueterich Press 2018. [45]

Grünbein, Durs, *1962, lebt in Berlin. Zuletzt: *Cyrano oder Die Rückkehr vom Mond*, Suhrkamp 2014; *Zündkerzen*, ebd. 2017. [73]

Gumz, Alexander, *1974, lebt in Berlin. Zuletzt: *verschwörungscartoons*, parasitenpresse 2015; *barbaren erwarten*, kookbooks 2018. [131|192]

Gutiérrez-Wienken, Geraldine, *1966, lebt in Heidelberg. Zuletzt: *Castañas de confianza*, Eclepsidra 2013. [106]

Habalik, Irena, *1955, lebt in Wien. Zuletzt: *Wenn es mir im Herzen grünt*, Free Pen Verlag 2016; *Aus dem Rahmen fällt ein Bild*, ebd. 2017. [164]

Hallinger, Markus, *1961, lebt in Frauenried. Zuletzt: *Würfelbruch*, Verlag Peter Engstler 2018. [53]

Henn, Markus, *1981, lebt in Berlin. [40]

Heuer, Stefan, *1971, lebt in Burgdorf/Hannover. Zuletzt: *werkstatt*, parasitenpresse 2015; *herzstück*, Verlagshaus Berlin 2016. [27]

Heuser, Andrea, *1972, lebt in München. Zuletzt: *vor dem Verschwinden*, onomato 2008. [94]

Holland, Tim, *1987, lebt in Berlin. Zuletzt: *vom wuchern*, gutleut 2016. [130|200|210]

Hopf, Manon, *1990, lebt in München. Veröffentlichungen in Zeitschriften und Anthologien. [180]

Hulpe, Marius, *1982, lebt in Berlin. Zuletzt: *Einmal werden wir*, Lyrikedition2000 2013; *Süße elektrische Nacht*, Edition Haus Nottbeck 2014. [195]

Hummelt, Norbert, *1962, lebt in Berlin. Zuletzt: *Fegefeuer*, Luchterhand 2016; *Sonnengesang*, ebd. 2020; Mitherausgeber des *Jahrbuchs der Lyrik 2006*. [17]

Hurna, Myron, *1978, lebt in Freiburg. Zuletzt: *Erlkönigs Erlösung*, Leipziger Literatur Verlag 2016. [165]

Hüttenberger, Michael, *1955, lebt in Darmstadt und Stedesdorf/Ostfriesland. Zuletzt: *Ich Huhn, ich wollt, ich wär*, WK/Mediendesign Verlag 2016; *Der Bildungs-Struwwelpeter*, Heinevetter-Verlag 2018. [145]

Jaud, Carmen, *1955, lebt in Augsburg. Veröffentlichungen in Zeitschriften und Anthologien. [205]

Kaiser, Franz-Josef, *1951, lebt in Bad Kreuznach. Zuletzt: *Gedichte / Einblendungen*. Eigenverlag 2018. [209]

Kampmann, Anja, *1983, lebt in Leipzig. Zuletzt: *Proben von Stein und Licht*, Hanser 2016. [87]

Kapp, Peter, *1968, lebt in Frankfurt am Main. Zuletzt: *Nach dem Börsengang*, Edition Thaleia 2014. [55|215]

Kappe, Alexander, *1987, lebt in Berlin. Zuletzt: Veröffentlichungen in *Poet 22*, *Ostragehege 81*, *manuskripte 205*, *Der Greif #10*, *JENNY #5*, *STILL 4*. Mitherausgeber von *Transistor-Zeitschrift für zeitgenössische Lyrik*. [96]

Kasnitz, Adrian, *1974, lebt in Köln. Zuletzt: *Glückliche Niederlagen*, Sprungturm Verlag 2016; *Kalendarium #5*, parasitenpresse 2019. [134]

Kniep, Matthias, *1971, lebt in Berlin. [98]

Knott, Marie Luise, *1953, lebt in Berlin. Zuletzt: Anne Carson: *Albertine. 59 Liebesübungen*, aus dem Amerikanischen von Marie Luise Knott, Matthes & Seitz 2017. [110|118]

Koepsell, Kornelia, *1955, lebt in Höchberg bei Würzburg und in Berlin. Zuletzt: *Weißes Rauschen*, Edition Faust 2015; *Epiphanien*, Königshausen und Neumann 2019. [26]

Kokot, Sascha, *1982, lebt in Leipzig. Zuletzt: *RODUNG*, edition AZUR 2013; *FERNER*, ebd. 2017. [20|124|216]

Krüger, Michael, *1943, lebt in München. Zuletzt: *Einmal einfach*, Suhrkamp 2018; *Mein Europa*, Haymon 2019; Mitherausgeber des *Jahrbuchs der Lyrik 2004*. [78|80|221]

Küchenmeister, Nadja, *1981, lebt in Berlin. Zuletzt: *Unter dem Wacholder*, Schöffling & Co. 2014; *Im Glasberg*, ebd. 2020. [97]

Kühn, Johannes, *1934, lebt in Tholey / Hasborn. Zuletzt: *Und hab am Gras mein Leben gemessen*, Hanser 2014. [54|208]

Lentz, Michael, *1964, lebt in Berlin und Leipzig. Zuletzt: *Aller Ding*, S. Fischer Verlag 2003; *Offene Unruh*, ebd. 2010; Mitherausgeber des *Jahrbuchs der Lyrik 2005*. [213]

Lewejohann, Sünje, *1972, lebt in Berlin. Zuletzt: *die idiotische wucht deiner wimpern*, parasitenpresse 2020. [133]

Loser, Silke, *1975, lebt in Paderborn. Veröffentlichungen in Zeitschriften und Anthologien. [25]

Lupette, Léonce, *1986, lebt in Berazategui. Zuletzt: *Tablettenzoo*, Luxbooks 2013; *Äkste & Änkste denxte*, Fadel & Fadel 2017. [109]

Martin, Marie T., *1982, lebt in Köln und Freiburg, Zuletzt: *Wisperzimmer*, Poetenladen Verlag 2013. [13]

Materni, Undine, *1963, lebt in Dresden. Zuletzt: *Das abwesende Haus meines Vaters*, Projekteverlag 2011; *Wünschen und Wollen*, Taulandverlag 2018. [170]

Mayröcker, Friederike, *1924, lebt in Wien. Zuletzt: *fleurs*, Suhrkamp 2016; Pathos und Schwalbe, ebd. 2018. [146|163]

Nash, Patricia, *1991, lebt in Berlin. [117]

Oliver, José F. A., *1961, lebt in Hausach. Zuletzt: *21 Gedichte aus Istanbul 4 Briefe & 10 Fotow:orte*, Matthes & Seitz 2016; *wundgewähr*, ebd. 2018. [31]

Osterland, Mario, *1986, lebt in Erfurt. Zuletzt: *In Paris*, parasitenpresse 2014; *heimische Arten*, ebd. 2017. [76|147]

Petersdorff, Dirk von, *1966, lebt in Jena. Zuletzt: *Nimm den langen Weg nach Haus. Gedichte*, C.H.Beck 2010; *Sirenenpop*, ebd. 2014. [156]

Prammer, Theresia, *1973, lebt in Berlin. Zuletzt: *Fährten. Drei Texte zu Fernand Deligny*, zus. mit A. Cotten und M. Rinck, Engstler, Ostheim v. d. Rhön 2018. [114]

Preiwuß, Kerstin, *1980, lebt in Leipzig. Zuletzt: *Gespür für Licht*, Berlin Verlag 2016; *Taupunkt*, ebd. 2020. [29|122|199]

Rakusa, Ilma, *1946, lebt in Zürich. Zuletzt: *Impressum: Langsames Licht*, Literaturverlag Droschl 2016; *Mein Alphabet*, ebd. 2019. [75]

Real, Anna, *1949, lebt in Essen. Zuletzt: *Wer den Schlüssel hat*. roterFadenlyrik, Edition Haus Nottbeck im Vorsatz Verlag 2013. [129]

Reimert, Karla, *1972, lebt in Berlin. Zuletzt: *Picknick mit schwarzen Bienen*, kookbooks 2014, *Camp Zenith*, ebd 2019. [148|193]

Röhnert, Jan, *1976, lebt in Berlin und Braunschweig. Zuletzt: *Wolkenformeln*, Faust 2014; *Breughels Affen*, Elif 2019. [77]

Ruland, Herbert, *1951, lebt in Saarbrücken. [174]

Samson Horst, *1954, lebt in Neuberg/Hessen. Zuletzt: *Kein Schweigen bleibt ungehört*, Pop Verlag 2013; *Das Imaginäre und unsere Anwesenheit darin*, ebd. 2014. [219]

Sandig, Ulrike Almut, *1979, lebt in Berlin. Zuletzt: *ich bin ein Feld voller Raps verstecke die Rehe und leuchte wie dreizehn Ölgemälde übereinandergelegt*, Schöffling & Co. 2016; *Landschaft* (CD), mit Grigory Semenchuk, ebd 2018; Mitherausgeberin des *Jahrbuchs der Lyrik 2017*. [162]

Sanjosé, Àxel, *1960, lebt in München. Zuletzt: *Gelegentlich Krähen,* Landpresse 2004 [Neuaufl.: Rimbaud 2015]; *Anaptyxis,* Rimbaud 2013. [181]

Sartorius, Joachim, *1946, lebt in Berlin und Syrakus. Zuletzt: *Niemals eine Atempause. Handbuch der politischen Poesie im 20. Jahrhundert*, Kiepenheuer & Witsch 2015; *Für nichts und wieder alles*, ebd. 2016. [49|201]

Sayer, Walle (Walter-Hermann), *1960, lebt in Horb am Neckar. Zuletzt: *Was in die Streichholzschachtel paßte*, Klöpfer-Narr Verlag 2016; *Mitbringsel*, ebd. 2019. [21|161]

Schleinitz, Astrid, *1961, lebt in Berlin. Zuletzt: *wirbeltier*, pudelundpinscher 2009; *drei monde*, pudelundpinscher 2015. [48]

Schmidt, Bradley, *1979, lebt in Leipzig. Veröffentlichungen von Übersetzungen in Zeitschriften und Anthologien. [116]

Schneider, Emanuel, *1995, lebt in Köln. [103]

Schuemmer, Silke Andrea, *1973, lebt in Berlin. Zuletzt: *Triptychon oder Salzig schmeckt der Algenstrang*, edition fiebig 1996. [42]

Schulz, Tom, *1970, lebt in Berlin. Zuletzt: *Die Verlegung der Stolpersteine*, Hanser Berlin 2017; *Reisewarnung für Länder Meere Eisberge*, ebd. 2019. [188]

Seel, Daniela, *1974, lebt in Berlin. Zuletzt: *was weißt du schon von prärie*, kookbooks 2015; *Auszug aus Eden*, Peter Engstler Verlag 2019. [123]

Seiler, Lutz, *1963, lebt in Wilhelmshort. Zuletzt: *vierzig kilometer nacht*, Suhrkamp 2003; *im felderlatein*, ebd. 2010; Mitherausgeber des *Jahrbuchs der Lyrik 2003*. [41]

Sombray, Judith, *1979, lebt in Hamburg. Zuletzt: *Nähekurs*, Horlemann 2011. [39]

Steigenberger, Armin, *1965, lebt in München. Zuletzt: *gebrauchsanweisung für ein* *vaterland*, POP-Verlag 2006; *die fortsetzung des glücks mit anderen mitteln*, Horlemann Verlag 2014. [7|166|167]

Steigenberger, Christel, *1967, lebt in München. Zuletzt: *Stadtrandstrass*, mückenschweinverlag 2010. [214]

Stolterfoht, Ulf, *1963, lebt in Berlin. Zuletzt: *was branko sagt*, Verlag Peter Engstler 2014; *neu-jerusalem*, kookbooks 2015; Mitherausgeber des *Jahrbuchs der Lyrik 2008*. [57]

Struzyk, Brigitte, *1946, wohnt in Berlin. Zuletzt: *so gesagt*, Corvinus Presse 2018; *was immer*, ebd. 2019. [51]

Thill, Hans, *1954, lebt in Heidelberg. Zuletzt: *Ratgeber für Zeugleute*, Brüterich 2015; *In riso / der dürre Vogel Bin / kälter als / Dunlop*, roughbook 2016. [79]

Tomašević, Boško, *1947, lebt in Wien. Zuletzt: *Das Vergessen, zu welchem wir werden*, Löcker Verlag 2016; *Der Abgrund unter jedem Grund*, Edition Art § Science 2017. [202]

Wagner, Achim, *1967, lebt in Ankara und Berlin. Zuletzt: *hafif coğrafya*, Nika Yayınevi Ankara 2013; *zwischen grün und halb sechs*, hochroth Verlag Berlin 2017. [82]

Wagner, Jan, *1971, lebt in Berlin. Zuletzt: *Selbstporträt mit Bienenschwarm. Ausgewählte Gedichte 2001–2015*, Hanser Berlin 2016; *Die Live Butterfly Show*, ebd. 2018; Mitherausgeber des *Jahrbuchs der Lyrik 2013*. [37|52|128]

Weber, Martina, *1966, lebt in Frankfurt am Main. Zuletzt: *erinnerungen an einen rohstoff*, Poetenladen Verlag 2013; *Häuser, komplett aus Licht*, ebd. 2019. [50|81]

Weinkötz, Elisa, *1994, lebt in Berlin. [186]

Wenig, Mirko, *1977, lebt in Leipzig. [14|168]

Wenzel, Christoph, *1979, lebt in Aachen. Zuletzt: *weg vom fenster*, Edition Haus Nottbeck 2012; *lidschluss*, Edition Korrespondenzen 2015. [149]

Westermann, Levin, *1980, lebt in Biel/Bienne. Zuletzt: *3511 Zwetajewa*, Matthes & Seitz Berlin 2017; *bezüglich der schatten*, ebd. 2019. [190]

Wilden, Patrick, *1973, lebt in Dresden. Zuletzt: *Zündblättchen Nr. 65*, Ed. Dreizeichen 2014; *Alte Karten von Flandern*, Raniser Debüt 2019. [206]

Wildenhain, Michael, *1958, lebt in Berlin. Zuletzt: DIE SCHÖNEN SCHARFEN ZÄHNE DER KORALLE, Verlag Der fränkische Tag 2007; WIE ES WAR, Ralf Liebe Verlag 2011. [34]

Wohlfender, Bettina, *1982, lebt in La Chaux-de-Fonds. [121]

Wolf, Uljana, *1979, lebt in Berlin und New York. Zuletzt: *meine schönste lengevitch*, kookbooks 2013; Eugeniusz Tkaczyszyn-Dycki: *norwids geliebte*, aus dem Polnischen von Michael Zgodzay und Uljana Wolf, Edition Korrespondenzen 2019. [28|104|105|159]

Zgodzay, Michael, *1974, lebt in Berlin. Zuletzt: Eugeniusz Tkaczyszyn: *norwids geliebte*, aus dem Polnischen von Michael Zgodzay und Uljana Wolf, Edition Korrespondenzen 2019.[104|105]

Zingg, Martin, *1951, lebt in Basel. Zuletzt: *Mundwerk*, Howeg 1986. [220]

QUELLEN

S. 25
Das Gedicht stammt aus dem Zyklus cogitationes humanae capitis, *Kat. III.*

S. 42
Das Gedicht stammt aus dem Zyklus *tara einundzwanzig gramm final.*

S. 56
barques sur la tamise (le pont de southwark) (André Derain 1906/07),
plache: österr. plane; tinker: kesselflicker, lausebengel, kleine makrele

S. 103
Ben Jonson, englischer Dramatiker und Lyriker, 1572–1637.
»The Dream« (»Der Traum«).

S. 104
Tkaczyszyn-Dycki, Eugeniusz, *1962, lebt in Warschau.
»Polszczyzna mojej matki« (»Das Polnisch meiner Mutter«), aus: *Zeszyty Literackie,* 2019.

S. 105
Tkaczyszyn-Dycki, Eugeniusz, *1962, lebt in Warschau.
Ohne Titel, aus: Eugeniusz Tkaczyszyn-Dycki: *Dwie główne rzeki.* WBPiCAK, Poznań 2019.

S. 106
Goldberg, Jacqueline, *1966.
»Majdanek y los sarmientos« (»Majdanek und die Weinstöcke«), aus: Jacqueline Goldberg: *Ich bin nicht, was ich sage / No soy lo que digo.* Aus dem venezolanischen Spanisch von Geraldine Gutiérrez-Wienken und Martina Weber, hochroth Heidelberg 2020.

S. 108
Burns, Will, lebt in Buckinghamshire.
»change« (»Umkehr«), aus: Will Burns & Hannah Peel: *Chalk Hill Blue.* Label: Rivertones 22. März 2019.

S. 109
Berger, Timo, *1974, lebt in Berlin.
»comienzo tardío« (später Beginn«), aus: *extra muros. poemas públicos,* L. U. P. I. Zoográfico Bilbao und Madrid, 2018.

S. 110
Carson, Anne, *1950, lebt in Montreal.
»Father's Old Blue Cardigan« (Vaters alte blaue Strickjacke), aus *The New Yorker, 10.11.1997*, S. 93.

S. 112
Raimondi, Sergio, *1968, lebt in Bahía Blanca.
»鋼琴« (»鋼琴«), unveröffentlicht.

S. 114
Rosselli, Amelia, italienische Lyrikerin, 1930–1969.
»La passione mi divoró giustamente« (»Die Leidenschaft verschlang mich«)

S. 116
Marlatt, Daphne / Warland, Betsy, *1942 / *1946, leben in Vancouver und XXX
»And what about« (»und was ist mit«), aus: *Two Women in a Birth*, Guernica Editions, Montreal 1994.

S. 117
Nash, Patricia, *1991, lebt in Berlin.
»MEDIUM« (»MEDIUM«), aus: *jubilat 36*.

S. 118
Rouzeau, Valérie, *1967, lebt in Nièvre.
»Ça va quand on demande« (»Es geht wenn jemand fragt«). aus: *Pas revoir* suivi de *Neige rien,* Paris, Editions de La Table Ronde, 2010.

S. 150
Das Gedicht stammt aus dem Zyklus *triptychon*.

S. 162
Die drei zu Indonesien gehörenden Gili-Inseln liegen nur wenige Meter über dem Meeresspiegel. An den Stränden legen fünf Arten von Schildkröten ihre Eier ab.
»The tongue is a needle. / And I am True North. / Telling lies.« ist Emma McGordons Gedicht *MAGNETIC* entnommen.

S. 183
Das Poem ist Teil von *sTiL.e(vir) Lyrik und Glückswürdigkeit*, erscheint 2021 in der Edition Noack & Block.

S. 229
Das Gedicht von Menno Wigmann stammt aus *Im Sommer stinken alle Städte*, aus dem Niederländischen von Gregor Seferens, parasitenpresse 2017.

AUSFÜHRLICHES INHALTSVERZEICHNIS

Armin Steigenberger wohnen 7

1. Kapitel
damit dies haus hält

Jürgen Brôcan Teppich des Lebens 11
Kerstin Becker Deut 12
Marie T. Martin Wie viele Wörter braucht man für eine Legende? 13
Mirko Wenig Drei Frauen 14
Philipp Blömeke wohnzimmer. 15
Andreas Altmann das kalte haus 16
Norbert Hummelt die tassen von ingo schulze 17
Marcel Beyer Aus meiner Schamküche 18
Sascha Kokot in der Grube an der Kreuzung 20
Walle Sayer Im Niemandsland des heutigen Tages 21

2. Kapitel
aus geworfenen steinen

Silke Loser so lange man denken kann und so weit 25
Kornelia Koepsell METAMORPHOSE 26
Stefan Heuer wenn es soweit ist 27
Uljana Wolf GEHEIMES MADRIGAL 28
Kerstin Preiwuß Der Schmerz ist da noch immer 29
Michael Buselmeier Laubrascheln 30
José F. A. Oliver schwarzmilan 31
Özlem Özgül Dündar verabschiedung der toten 32
Michael Wildenhain Am Grab 34
Raoul Eisele Luftwurzeln 35
Elke Erb Herzattacke 36
Jan Wagner an den regengott chaac 37
Kerstin Becker es 38
Judith Sombray In deinen Augen ist das ein Blauwal 39
Markus Henn Gesang eines Fahrrads 40
Lutz Seiler gestern nacht ging ich nur leicht verletzt 41
Silke Andreas Schuemmer wiedergang 42

3. Kapitel
wechseln die schriftfarben

Dieter M. Gräf Fabiana im Purpur 45
Katharina Franck Caldeira – mein Mund 46
Astrid Schleinitz wir kamen (fremd: irische mönche) 48
Joachim Sartorius LÜGEN ÜBER CARAVAGGIO 49
Martina Weber Und es war zehn Grad kälter geworden 50
Brigitte Struzyk Es war einmal 51
Jan Wagner krähenghasele 52
Markus Hallinger 53
Johannes Kühn Abendblick 54
Peter Kapp Vorsprung und Ermessen 55
Crauss. boote auf der themse (southwark bridge) 56
Ulf Stolterfoht aus einem alten opel diplomat 57

4. Kapitel
die (h)ortographie

Nico Bleutge und drüben bleiben 69
Marcel Beyer Der Amselpapst 70
Gisbert Amm ammsel 72
Durs Grünbein Fensterplatz, Großraumwagen 73
Wilhelm Bartsch KOLOSSEUM 74
Ilma Rakusa Ländlich (ein Löffel Medizin) 75
Mario Osterland Alexandria, von Süden kommend 76
Jan Röhnert Telemannstraße 77
Michael Krüger Aufkirchen, Ostermesse 78
Hans Thill In der Eile 79
Michael Krüger Im Feld 80
Martina Weber Stillleben oder Landschaftsgemälde mit Aprikosengarten 81
Achim Wagner Brennnesseln 82
Ulrike Draesner frl. heinz sagt 83
Katharina Franck Wir reden von Schlössern 84
Mara-Daria Cojocaru Vom Wind 86
Anja Kampmann felder, offen für jedes licht 87
Kenah Cusanit Sanddorn 88
Kenah Cusanit Haselnüsse 89
Martina Bilke bindung 90
Rudolf Bussmann Selfie mit Nachtschatten 91
Marcel Beyer Ginster 92

Andrea Heuser Da wir hier sind ... 94
.ge Ungefähr ... 95
Alexander Kappe Raupe ... 96
Nadja Küchenmeister rauperich ... 97
Matthias Kniep *hey, whattup lil' inchworm?* ... 98

5. Kapitel
die löschte den reim

Ben Jonson Der Traum ... 103
Aus dem Englischen von *Emanuel Schneider*
Eugeniusz Tkaczyszyn-Dycki I. ... 104
Aus dem Polnischen von *Uljana Wolf* und *Michael Zgodzay*
Eugeniusz Tkaczyszyn-Dycki II. ... 105
Aus dem Polnischen von *Uljana Wolf* und *Michael Zgodzay*
Jacqueline Goldberg Majdanek und die Weinstöcke ... 106
Aus dem venezolanischen Spanisch von *Geraldine Gutiérrez-Wienken* und *Martina Weber*
Will Burns Umkehr ... 108
Aus dem Englischen von *Martina Weber*
Timo Berger später Beginn ... 109
Aus dem Spanischen von *Léonce W. Lupette*
Anne Carson Vaters alte blaue Strickjacke ... 110
Aus dem Amerikanischen von *Marie Luise Knott*
Sergio Raimondi 鋼琴 ... 112
Aus dem argentinischen Spanisch von *Timo Berger*
Amelia Rosselli Die Leidenschaft verschlang mich ... 114
Aus dem Italienischen von *Theresia Prammer*
Daphne Marlatt / Betsy Warland und was ist mit ... 116
Aus dem Englischen von *Bradley Schmidt* und *Anna Förster*
Patricia Nash MEDIUM ... 117
Aus dem Amerikanischen von der Autorin übertragen
Valérie Rouzeau Es geht wenn jemand fragt ... 118
Aus dem Französischen von *Marie Luise Knott*

6. Kapitel
mein innerer chor

Bettina Wohlfender ... 121
Kerstin Preiwuß Mein innerer Chor ist in Aufruhr. ... 122
Daniela Seel ... 123

Sascha Kokot und es gibt die Tage 124
Federico Federici Das Maß des Schlafes n. 18 125
Yevgeniy Breyger Offen spricht dein Seelentier 126
Jan Wagner reifen 128
Anna Real Die Schwäne singen mit den Flügeln 129
Tim Holland aus der intervision der verräter 130
Alexander Gumz der geist der berge 131
Claudia Gabler 132
Sünje Lewejohann wütender affe 133
Adrian Kasnitz Traum von Istanbul 134

7. Kapitel
war ein gemeral

Martin Dakovic Ich war ein Gemeral 137
Friedrich Ani Ballade von einer Geflüchteten 138
Mirko Bonné Sommertag in Hundsmühlen 140
Kerstin Becker Fütterung 141
Stéphanie Divaret 142
Claudia Gabler 143
Raoul Eisele erzähl mir vom Fliegen 144
Michael Hüttenberger mens sana 145
Friederike Mayröcker 146
Mario Osterland selbst südlich von Siwa 147
Karla Reimert Die Finanzkrise entlässt ihre Kinder 148
Christoph Wenzel NAH AM WASSER 149
Carl-Christian Elze 150
Ruth Johanna Benrath ROSE HAUS HUND, datiert 152
Wilhelm Bartsch WERBELLIN 153
Lars-Arvid Brischke nie blicken lassen 154
Dirk von Petersdorff Fruchtgummi 156

8. Kapitel
eine bändige bude

Uljana Wolf MUTTERTASK, TIEFSEE, EINE ART TAND 159
Esther Ackermann Ich bin das Gedicht 160
Walle Sayer Liste des vom Lektor Gestrichenen 161
Ulrike Almut Sandig in die Natur 162
Friederike Mayröcker dies ist ein proem 163
Irena Habalik Was weiß das Gedicht? 164

Myron Hurna Eure Gedichte cotten mich ann 165
Armin Steigenberger gedichte sind desiderate 166
Armin Steigenberger gedichte sind halbe hähne 167
Mirko Wenig Anachrom 2020 168
Undine Materni Die Bäckerin 170
Hannes Bajohr ZWIELICHTSCHLAGER 172
Herbert Ruland Entstehung des Gedichts 174

9. Kapitel
beim zählen von unhandlichkeiten

Helwig Brunner handschuh ohne hand 177
Urs Allemann Schwänze in die Tonne! Ein reißerisches Carruthers-Gedicht / aus dem u U eine Feminaversion seines Verfassers spricht 178
Manon Hopf Die Tochter hat ihre Hände 180
Àxel Sanjosé Wenn wie eine kühle Hand 181
Crauss. liebhaberzählen 182
Konstantin Ames Herfalten im Nofftal (Singerepigonen) 183
Nico Bleutge das flattern im brustbein 184
Martina Bilke an der ganzen großen zahl 185
Elisa Weinkötz 186
Markus Breidenich Erhebung der Kerbtiere 187
Tom Schulz 18:48 188
Levin Westermann Goodnight 6 190
Manfred Enzensperger public viewing 191
Alexander Gumz die letzten sekunden des sommers 192
Karla Reimert Sabotiere dich nicht selbst 193
Anja Bayer Register der Tröstungen (Auszug) 194
Marius Hulpe Spielplatzvariation 195
Carolin Callies stilleben aus pillen // apotheke eins 196

10. Kapitel
die alte wasserwaage horizont

Kerstin Preiwuß Sag dass der Mund eine Scheibe ist, ein Erdbewohner aus der Frühe. 199
Tim Holland 200
Joachim Sartorius Die Nekropole von Pantalica 201
Boško Tomašević Andere Wüsten entstehen 202
Helwig Brunner die gegenwart der gegenwert 204
Carmen Jaud donaubrücke 205

Patrick Wilden Worum es geht 206
Johannes Kühn Ödsinn im Dorf 208
Franz-Josef Kaiser berenice 209
Tim Holland 210
Julia Dorsch »vielleicht eine Korrelation im November, ... 211
Markus Breidenich Old-Fashioned Evolution 212
Michael Lentz sehnarj 213
Christel Steigenberger Du und ich 214
Peter Kapp Unser Latein 215
Sascha Kokot vor den Fenstern wüten die Baufahrzeuge 216
Claudia Gabler 217
Michael Angelmi A Bocca Chiusa 218
Horst Samson IM VORLÄUFIGEN UNTERWEGS 219
Martin Zingg Morandi 220
Michael Krüger Das letzte Gedicht 221

»Ihr lest keine Lyrik? Seid ihr wahnsinnig?«

Maria Gazzetti

Lyrik bei Schöffling & Co.

Paulus Böhmer
Mirko Bonné
Rolf Bossert
Alexandru Bulucz
Carolin Callies
Mara-Daria Cojocaru
Tanja Dückers
Klaus Hensel
Karin Kiwus
Nadja Küchenmeister
Helga M. Novak
Grace Paley
Lars Reyer
Christian Saalberg
Ulrike Almut Sandig
Silke Scheuermann
Aleš Šteger
Julia Trompeter
Guntram Vesper
Ron Winkler
Ror Wolf